PERSEGUIÇÃO

TÂNIA ALEXANDRE MARTINELLI

Ilustrações de
LELIS

1ª edição
Conforme a nova ortografia

Copyright © Tânia Alexandre Martinelli, 2009

Gerente editorial: ROGÉRIO CARLOS GASTALDO DE OLIVEIRA
Editora-assistente e preparação de texto: KANDY SGARBI SARAIVA
Auxiliar de serviços editoriais: RUTE DE BRITO
Estagiária: MARI TATIANA KUMAGAI
Suplemento de atividades: NAIR HITOMI KAYO
Revisão: PEDRO CUNHA JR. (Coord.)
  LILIAN SEMINICHIN
  RENATA PALERMO
Produtor gráfico: Rogério Strelciuc
Gerência de arte: NAIR DE MEDEIROS BARBOSA
Projeto gráfico e produção: AEROESTÚDIO
Capa: AEROESTÚDIO
Impressão e acabamento: BMF

Dados Internacionais de Catalogação na Publicação (CIP)
(Câmara Brasileira do Livro, SP, Brasil)

Martinelli, Tânia Alexandre
  Perseguição / Tânia Alexandre Martinelli ; ilustrações Lelis. — São Paulo : Saraiva, 2009. — (Coleção Jabuti)

  ISBN 978-85-02-08393-6

  1. Bullying – Ficção 2. Preconceito – Ficção 3. Violência nas escolas – Ficção 4. Ficção brasileira I. Lelis II. Título. III. Série.

09-05116   CDD-869.93

Índice para catálogo sistemático:
1. Ficção : Literatura brasileira 869.93

19ª tiragem, 2022

Direitos reservados à
SARAIVA Educação S.A.
Avenida das Nações Unidas, 7.221 – Pinheiros
CEP 05425-902 – São Paulo – SP
www.editorasaraiva.com.br

Tel.: (0xx11) 4003-3061
atendimento@aticascipione.com.br

CL: 810016
CAE: 571321

Para Sônia Barros, grande amiga.

TRÊS ANOS ANTES

COMO TODO SANTO DIA

A aula deveria começar em instantes. Tínhamos ouvido o sinal havia poucos minutos, mas bem antes disso eu já estava no meu lugar, o livro de Português em cima da carteira.

Denílson, Caio e Fred faziam questão de marcar presença na entrada da sala. Falavam alto, riam escandalosamente, uma baderna. Impossível passarem despercebidos aos olhos de qualquer um de nós e acredito que nem fosse mesmo a intenção.

Esses eram os meninos que atormentavam o Leo. Muita gente sabia, mas a grande maioria ignorava.

Dali em diante, porta adentro, o óbvio.

Denílson e Caio na frente, Fred um pouco mais atrás, os três passando pelo estreito corredor onde ficava a carteira do Leo. Tão logo chegavam perto, a simulação de um tropeço, um esbarrão, ou algo semelhante, como se tudo não passasse de inocente brincadeira.

— Opa! — e o súbito arremesso dos objetos ao chão.

Era um opa cínico, dissimulado, muitos alunos riam abertamente sem motivo para disfarces.

— Desculpa aí, Leitão.

Um desculpa aí debochado, quase nojento de ouvir.

— Pede desculpa não, Denílson! Não vê que a carteira dele é que tá torta, na passagem? Arruma isso aí, Gordo! — e Caio ria, um prazer desmesurável.

Leo procurava juntar tudo o mais rápido possível e então livrar-se da vergonha de se ver ajoelhado à caça de seus pertences. Porém, tanto esforço parecia não valer para coisa alguma, pois quanto mais se apressava buscando uma agilidade que não tinha, mais atrapalhado ia ficando, e os objetos escorregando das mãos feito sabonete.

Fred, por último, arrematava com chutes, inventava um sem querer, fingia um não vi, e lá iam canetas, lápis, borracha ou a própria mão do Leo na sua mira perversa.

Agora os três amigos partiam para as próprias carteiras, acomodando-se em meio ao riso, ao deboche e à malandragem, companhias indissociáveis deles.

Aos poucos, os alunos iam se dispersando, o assunto era substituído, Leo perdia a graça e deixava de ser o foco das atenções. Quando fosse ver, ninguém mais se lembrava do episódio. Tudo morto, enterrado e esquecido.

— Bom dia! — era a professora Luciana entrando na sala.

Leo já recolhera todas as suas coisas, mas o embaraço e o nervosismo de minutos atrás ainda lhe marcavam o rosto sem dó. Vermelho. Eu vi. Alguém mais deve ter visto, mas ninguém falou nada. Nem eu.

— Vocês se recordam de onde paramos? Fizeram em casa os exercícios da página 32? Vamos lá, pessoal. Se alguém deixou de fazer, vai ficar complicado, porque eu disse que a matéria de hoje...

Leo continuava vermelho. A pele muito clara corava com facilidade e seus cabelos loiros, bem curtinhos, realçavam ainda mais o rosto redondo.

Mantinha-se cabisbaixo, olhos rasantes sobre o livro, buscando, de maneira rápida e desajeitada, a página indicada. Estava sério, a expressão de quem controla um vulcão dentro do peito. Acho que era isso. Um vulcão.

Página 32. Qual a importância do conteúdo da página 32? Quantas páginas seriam necessárias para descrever o tormento do Leo? E o meu?

Eu via o que faziam com o Leo, via, sim, e não concordava. Mas era impossível defendê-lo.

Eu não conseguia defender nem a mim mesma.

PROVA

Encerrávamos o primeiro bimestre na ocasião. A professora de História ia chamando nossos nomes a fim de nos entregar as avaliações corrigidas. Eu me sentia tranquila, a certeza de que me saíra bem.

Entretanto, o mesmo não ocorria com a classe, de modo geral ansiosa e agitada. Cochichos, gritinhos histéricos, alunos em pé para espiar a nota do colega.

— Maria Lúcia!

O barulho era tanto, quase não ouvi meu nome. A professora precisou dizê-lo duas vezes e, na sequência, meter bronca na turma.

Os alunos sossegaram em seus lugares, fecharam a boca e, enfim, o silêncio. Foi por isso que todos ouviram, em alto e bom som, o elogio da professora Mariane no momento em que me aproximava da mesa dela:

— Parabéns, Malu! Apenas você e mais dois alunos tiraram dez. Fiquei muito feliz, viu?

Sorri, envaidecida. Virei-me de costas, o caminhar a passos contados, lentíssimos, os olhos conferindo a prova, toda a atenção dividida entre os detalhes examinados e o silêncio que tornava o ar daquela sala de aula tão pesado, quase palpável.

Nesse meio-tempo, alguém colocou o pé na minha frente e tropecei. Sorte não ter caído.

— Também! Colando! — a Paula sussurrou.

Eu apenas sacudi a cabeça, insinuando que a acusação era descabida, injusta, sem total fundamento.

Aquela menina tinha um olhar que me assustava. E eu não conseguia diferenciar dois dos sentimentos que mais me dominavam naquele ano: a raiva e o medo. Não sabia quando um era mais intenso que o outro. Penso neles como punhados de grama recém-plantados que aos poucos vão se entrelaçando até que um se sobreponha ao outro e então não seja mais possível a separação. Sempre juntos. O medo e a raiva.

— Você tirou dez, Malu?

A pergunta vinha da Bruna, a garota que se sentava ao meu lado. Raramente ia bem nas avaliações.

— Tirei — respondi, tímida. — E você? Foi bem?

— Bem mal. Quatro.

— Ah...

E a conversa morreu aí.

A turma da Paula cochichava e olhava para mim. Cochichava e olhava para mim. Essa atitude cíclica só me trazia mais apreensão; as mãos geladas transpiravam gotas de puro nervosismo, os dedos úmidos borravam o papel. Tentei deixar de reparar nelas e então dobrei a prova, guardando-a de qualquer jeito dentro do fichário.

Quando deu o sinal do intervalo, eu e a Bruna fomos saindo juntas, conversando. Paula, Patrícia e Mariana, amigas inseparáveis e cúmplices em tantas maldades, bloquearam o caminho um pouco antes da porta da sala. Bruna pediu licença e passou antes de mim; retraí o corpo para não esbarrar em nenhuma delas, um espaço mínimo, refletia sobre isso às vezes, essa falta de espaço para mim.

Paula recomeçou:

— Sabe, Paty, tem gente que é mesmo cara de pau. Cola em tudo quanto é prova e depois fica posando de santa! Não suporto gente assim!

Sempre estudei no mesmo colégio, nunca tive muitas amigas, quem sabe duas mais íntimas e só, mas nunca me importei. Toda a mudança ocorreu com a chegada da Paula, matriculada nesse nono ano. Em pouquíssimas semanas, estava tremendamente à vontade com o pessoal da classe, parecia que a vida inteira fora estudante dessa escola.

Era uma agitadora. Mais. Tenho consciência hoje de que era uma manipuladora. Isso mesmo. Alguns poderiam dar outro nome: popular. Mas não mudo de ideia. Há pessoas que usam de sua popularidade para manipular os outros, dizer quem pode ou não pode ser amigo, o que deve ou não deve fazer, a quem deve agradar e a quem deve repudiar. E a Paula fazia tudo isso. Claro, não perto dos professores, ela dispunha de muitas artimanhas para camuflar as suas atitudes.

Mas eu não entendia por que justamente comigo. O que eu teria feito para merecer seus olhares de desprezo, sua arrogância, sua falsidade, seu sarcasmo? Diversas vezes busquei na memória se algum dia, alguma vez... Não, nada que justificasse, e, exatamente por não entender, sofria ainda mais.

Nesse dia, cheguei em casa murcha, minha mãe colocava o almoço na mesa e, assim que me sentei, perguntou-me:

— Está tão quietinha hoje! Que aconteceu?

Fui direta:

— Quero mudar de escola.

Ela estranhou, fez cara de quem ouvira uma maluquice ou algo assim.

— Mudar de escola? No nono ano?

— Não gosto de lá.

— Ué! Por que não?

— Porque não. Tem umas meninas que me olham torto.

— Não liga, Malu. Não vai querer mudar toda a sua vida por causa de umas meninas, veja só se tem cabimento.

Fiquei calada. Minha mãe não tinha nenhuma noção do que realmente acontecia na escola.

De repente, não sei por quê, fui me lembrar da Bruna.

— Tenho uma amiga que está com bastante dificuldade, anda preocupada com as notas baixas.

— Ah, é? Quem?

— A Bruna. Você não conhece. Nós conversamos hoje na hora do intervalo e eu ofereci minha ajuda.

— Que bom, Malu! Ainda bem que você nunca teve problemas com notas.

— Por isso mesmo. Vou convidá-la para vir aqui em casa amanhã. Acho a Bruna legal, bem diferente de outras pessoas da minha classe.

— Está vendo só? Não precisa ficar com essa ideia de mudar de escola. Pode escrever no seu caderninho: em todo lugar sempre vai haver alguém de quem a gente não gosta. Fico feliz que se aproxime dessa Bruna, Malu. É sempre bom a gente ter uma amiga por perto.

O CASO DA LOUSA

Não bastassem as implicâncias e os apelidos de Gordo e Leitão, os meninos deram um jeito de inventar mais um.

Leo entrava na sala de aula batendo papo com Marcelo e Gustavo, os três bem à minha frente. Acredito que pouca gente tenha visto, porque nem todos estavam na classe, ainda restavam alguns minutos para as sete horas.

Marcelo foi o primeiro a perceber. Cutucou o amigo, dando-lhe o alerta:

— Olha lá, Gordo.

Leo mirou a lousa e imediatamente passou a mão. Tive tempo de ler antes que o registro sumisse num rastro de pó: "Leofante".

Mas esse episódio foi pouco para a turma do Denílson, tão acostumada a atazanar a vida dos colegas. No dia seguinte, a palavra Leofante estampava todo o quadro. Letras grandes, pequenas, imensas. Impossível que o Leo apagasse tão rapidamente como da outra vez, ia precisar do apagador. Mas aí é que está.

— Cadê o apagador? — Leo perguntou, não se dirigindo a ninguém em específico.

Enquanto aguardava a resposta, uma resposta que não veio, girou os olhos pelos quatro cantos da classe à procura do objeto que o salvaria do vexame.

Arriscou outra pergunta.

— Foi você quem escreveu isso aí, Denílson?

— Eu? — o garoto esboçou um sorriso irônico. — Tá maluco, Leitão? Vê se eu tenho paciência de chegar cedo na classe pra ficar brincando de escrever na lousa. Se liga, meu!

Se liga, meu… dava uma de ofendido, o engraçadinho.

A turma achava-se numa expectativa sem igual. Uns escondiam-se sob risinhos ocultos, outros deleitavam-se com a piada.

Caio começou a debochar:

— Leofante! Leofante! Rá! Rá! Rá! Essa foi boa!

Durante alguns segundos, Leo permaneceu estático, indeciso, e somente depois que se livrou do material, arremessando-o certeiro sobre a mesa da professora, foi que arrancou a própria blusa de frio e começou a limpar aquela sujeira.

Quando vi a cena, a algazarra descabida, a gozação, a tamanha falta de escrúpulos dessas pessoas, fiquei péssima. Sentia-me como se também concordasse, estivesse com eles na armação.

Mas o que é que eu poderia fazer? Também seria estraçalhada por aquelas meninas e até pelos meninos porque o maior prazer deles era espezinhar quem sobrasse na reta.

Marcelo avistou um rolo de papel higiênico em cima do armário, num canto meio escondido.

— Vou te ajudar, Gordo.

Não era grande coisa, mas ainda assim dava para quebrar um galho.

A professora chegou, deu de cara com a lousa limpa, a classe toda sentada, quieta, apenas o Leo em pé. Ele aproximou-se dela, dizendo:

— Preciso ir lá fora bater a minha blusa.

Vilma lançou os olhos naquele agasalho azul-marinho, totalmente embranquecido pelo pó do giz. Perguntou-lhe:

— Que aconteceu, Leo?

— Nada. Posso ir?

13

A professora examinou-o mais demoradamente. Leo, os olhos fixos nela, aguardava a permissão que receberia com alívio segundos depois, mas desprovida de perguntas ou comentários.

Ela poderia ter insistido. E ele poderia ter falado. E quem sabe tanta coisa deixasse de acontecer. Mas ninguém falou. Leo saiu com os olhos voltados para o chão.

Ouvi quando Marcelo retornou à carteira dele e comentou com Gustavo:

— Coitado do Gordo... Ele é tão gente boa e os caras ficam aprontando uma atrás da outra.

— São uns idiotas.

— São mesmo.

Antes do retorno do Leo à classe, em meio àquela confusão de início de aula, misteriosamente o apagador retomou o devido lugar.

Esse lance da devolução, infelizmente, eu perdi.

MEU INIMIGO

Durante o decorrer daquele ano, travei uma árdua batalha em minha casa e em outros lugares onde pudesse encontrá-lo. Eu me julgava a pior, a mais feia, a mais desengonçada e sem graça de todo o planeta.

Via uma garota magra, a pele morena, nem muito clara, nem muito escura, os cabelos volumosos e crespos que desciam até quase o meio das costas quando molhados, mas que iam até pouco além da altura dos ombros quando secos.

Um dia, tentei alisá-los na marra. Escovei, escovei, escovei. Ficou uma coisa horrível, armado, transformou-se em sei lá o quê. Como não me sobrava tempo para inventar muita coisa, fiz uma trança e fui para a escola.

14

— Nooossa! — foi o tiro simultâneo das três, assim que pisei na classe.

Mais tarde, ao voltar do intervalo, vi um papel em cima da minha carteira: "Para Maria Lúcia".

Apanhei o bilhete enquanto me sentava na cadeira. Abri.

Malu, esponja de aço, arame farpado, cabelo duro, seco e ridículo…
Malu, você é uma piada.

Prensei o papel na mão, mais as unhas fincando a pele do que ele próprio, e o segurei preso. Nos instantes seguintes, os dedos abriram-se para baixo e o bilhete deitou-se morto sob a carteira. Tomei-o de volta e rasguei-o com toda a pressa do mundo sem me atrever a olhar para os lados, só para dentro. Vergonha, eu penso. A impressão de que a classe inteira me espiava e me julgava.

— O que é isso, Malu? — a Bruna me perguntou, apontando os papeizinhos picados.

— Nada — respondi, sem me virar. Peguei tudo e enfiei dentro da bolsa, em casa jogava no lixo.

Mas a Bruna achou a minha cara esquisita demais, por isso esticou o corpo pertinho do meu e sussurrou:

— Que foi, Malu? Você tá chorando?

— Não.

— Tá, sim. Seu olho tá cheio de lágrimas! Quer que eu fale para a professora...

— Não quero que você fale nada, Bruna! — encarei-a.

— Nossa, Malu... Que foi que aconteceu? Não quer mesmo ir lá fora? Eu explico para a professora que você não tá se sentindo bem...

Neguei, movendo a cabeça. Imagine se ainda ia chamar a atenção da classe ao passar chorando no meio de todos. Da carteira, talvez ninguém notasse. A minha dor era invisível para os outros.

Ao chegar em casa, fui direto para o chuveiro, nem quis almoçar. Prometi para a minha mãe que almoçaria mais tarde porque não estava com fome naquela hora.

Deixei que a água caísse sobre o meu cabelo, minha cabeça cansada demais, o corpo doído, a alma mortificada. A água salgada lavou o meu rosto durante vários minutos.

Saí enrolada numa toalha e fui procurá-lo. O meu inimigo. Maldito espelho que me fazia enxergar todos os defeitos mesmo que eu não quisesse! Maldito espelho!

Nesse dia, a Bruna veio à minha casa à tarde, não pela primeira vez, talvez pela segunda ou terceira, e repassamos alguns exercícios de Matemática.

— Ainda bem que você tá me ajudando, Malu. Gosto do jeito que me explica a matéria.

— Que bom, Bruna! Fico contente.

— Tem certeza de que vai ter paciência de estudar comigo? Pra você é tudo tão fácil…

— Ah, deixa de besteira! Sei que tenho uma certa facilidade, mas tenho de estudar do mesmo jeito, pensa que não?

— Tá certo — Bruna pegou o celular para ver as horas. — Acho que já vou indo. Amanhã você vai em casa, combinado?

— Combinado, mas… espera um pouco, vou fazer um lanche para nós.

— Não precisa, Malu. Não quero dar trabalho.

— Não é trabalho, nada. Acabei não almoçando hoje e estou morrendo de fome, você não?

— Tudo bem. Eu te ajudo.

Fomos até a cozinha, conversando nada de muito especial. Fui pegando o pão, os frios na geladeira, a Bruna foi fazendo um suco com as laranjas que havia na cesta de frutas.

— Sabe, Bruna, estou muito feliz de poder te ajudar.

— Ah, Malu! Que é isso?! — ela deu um risinho.

Fiquei séria.

— Mas é verdade. Ultimamente ando meio chateada… Hoje, principalmente, precisava passar uma tarde assim, estudando, conversando com alguém legal como você.

A Bruna largou as laranjas e me deu um abraço.

17

— Sua boba! Eu é que tenho de me sentir feliz e agradecer. Sabe, Malu, você é uma pessoa muito, muito especial. Merece tudo de bom.

Dei um sorriso. Que bom ouvir uma coisa assim. Eu estava realmente bastante feliz com a minha nova amiga.

Só não fazia ideia de que até isso a Paula ia querer me tirar.

SUMIÇOS

Logo que retornamos da aula de Educação Física, Leo deu falta da mochila. Rodou pela classe à procura, verificou as cadeiras, se não estava dependurada junto à de outro colega.

— Ô gente! A mochila do Leitão sumiu. Vamos dar uma força pra ele! — gritou o Denílson, levantando-se no momento seguinte.

— Ah, não vou não, Denílson! — reclamou o Fred, esparramado na cadeira, o maior jeitão de preguiçoso. — Não fui eu que sumi com as coisas dele! Que se dane!

Vi o Denílson aproximar-se do Leo e pousar a mão no ombro dele, gesto dos mais estranhos. E ainda falou, como quem aconselha um amigo num momento de aflição:

— Fica frio que logo a gente encontra.

Leo deu um passo, livrando-se da mão do garoto. O sarcasmo do Denílson era evidente, sua postura de malandro por baixo da pele de bom moço era clara, qualquer um via isso, até o próprio Leo.

Ao chegar, a professora de Matemática quis saber o que significava aquela desordem.

— A minha mochila sumiu, Rita — explicou Leo. — Estou procurando.

— *Nós* estamos — corrigiu Denílson. — Tô ajudando, professora, mas tá difícil. Acho que não tá na classe, não...

Rita ficou intrigada:

— Mas como é que foi sumir uma mochila? Ninguém viu?

— Nós estávamos lá fora, na aula de Educação Física — disse alguém.

— Mas a sala não fica trancada? — especulou a professora.

— Sei lá! — foi a resposta do Denílson. Parecia tão interessado! — Aquela criançada do sexto ano tá sempre entrando nas salas dos outros quando dá o sinal para a troca dos professores. Eu vivo falando isso, mas ninguém me ouve!

Rita não deu importância ao comentário, orientou:

— Enquanto vocês dão uma olhada melhor por aqui, vou pedir que a inspetora de alunos pergunte nas outras classes.

Fez uma pausa antes de completar:

— Aposto que isso é brincadeira de alguém. Brincadeira de mau gosto, de criancinha, como o Denílson disse. Só não sei se do sexto ano...

Eu jurava que o autor da malandragem tinha sido alguém da turma do Denílson. Ou então todos juntos, quem sabe? Ele, sim, portava-se feito uma criancinha mimada, intimidando quem escolhesse como vítima.

Depois de um tempo, uma das inspetoras apareceu na porta da sala com a mochila do Leo a tiracolo. Disse tê-la encontrado detrás de um dos vasos do outro corredor. Achava estranho ninguém ter visto o engraçadinho aprontando essa.

E quem disse que ninguém tinha visto? Quem seria louco de entregar o Denílson? Todo mundo morria de medo de se tornar a próxima vítima! As pessoas queriam distância de encrenca com ele. Se não fosse para ser amigo, inimigo também não, essa era a regra.

Mas o problema maior ainda estava para acontecer. E foi no meio da aula. Da mesma, inclusive.

19

— Rita, meu celular sumiu.

A professora deu um suspiro fundo; depois, o desabafo:

— Mas o que é que está acontecendo hoje, hein? Assim não dá!

— Sumiu, o que é que eu posso fazer?

— Tem certeza mesmo de que você trouxe, Bianca?

— Claro que eu tenho! Deixei dentro da minha bolsa antes de sair para a aula de Educação Física. Só notei agora. Também, com aquela história toda da mochila desaparecida!

— É só dar uma geral nas bolsas, professora! — sugeriram.

— Ah, meu Deus! Que coisa mais desagradável! — falou Rita. — Duas vezes no mesmo dia! Inacreditável!

A sala manteve-se quieta.

— Vamos fazer o seguinte — disse a professora. — Cada um tira as próprias coisas de dentro das bolsas e coloca em cima da carteira. Quem sabe o celular da Bianca foi voando até a mochila de alguém? Vamos procurar, pessoal!

Obedecemos. Em pouco tempo, mal se enxergava o tampo das carteiras, coisas e mais coisas se juntavam aos montes. A Bianca atenta, só prestando atenção.

De repente, a garota apontou, um grito de surpresa:

— Meu celular!

Primeiro, olhamos para ela. Em seguida, para ele. O celular da Bianca na mão do Leo.

— Não fui eu que pus isto aqui! Não fui eu! — disse Leo, atônito. — Eu nem estava com a minha mochila, vocês se lembram! Ela também tinha desaparecido.

— E se você sumiu com ela de propósito, só pra depois levar o celular embora? — cogitou Denílson.

— O quê?! — indignou-se. — Eu não fiz isso! Não ia fazer uma coisa dessas!

— Parem de discutir vocês dois! — ordenou a professora.

Bianca levantou-se, dirigindo-se à carteira do Leo. Pegou o aparelho.

— Bianca, não fui eu! — Leo defendeu-se novamente, mirando a colega com firmeza.

— Tá bom — ela disse. — O importante é que apareceu.

A garota tornou a se sentar, a classe numa expectativa muda. Leo repetiu, num desespero:

— Eu não peguei celular nenhum! Eu não peguei!

— Tudo bem, Leo — disse a professora. — Fique calmo.

Leo estava nervoso, aflito. Percebíamos que falava a verdade, a própria Rita percebia.

— Isso que aconteceu na classe foi muito sério — disse Rita. — Tirar alguma coisa de alguém para incriminar uma outra pessoa é muito, muito grave.

A classe continuou silenciosa.

— O Leo está nervoso e com toda a razão. Eu não quero mais saber dessas brincadeirinhas. Chega. E se alguém souber quem foi o autor, ou os autores, tanto do desaparecimento da mochila quanto do celular, é só me procurar.

Houve uma pausa, talvez na esperança de que os autores fossem denunciados ou que os próprios se entregassem. Ela continuou:

— Tenho certeza de que alguém sabe. E se esse alguém está escondendo também é cúmplice. Culpado. Entenderam?

Os alunos foram balançando a cabeça, dizendo que sim. A classe ficou quieta até o final das aulas. Ela estava bem brava.

Leo não conversou com ninguém. Nem mesmo com Marcelo e Gustavo. De vez em quando eu olhava para ele. De cabeça baixa, Leo fazia as tarefas desviando os olhos do papel somente quando a professora pedia para prestarmos atenção em algum exercício novo ou então na correção. Ele estava triste e ao mesmo tempo parecia cansado.

Só no final tornou a conversar, quando saiu com Marcelo e Gustavo. Eu e a Bruna estávamos logo atrás.

— Tá chateado ainda, Gordo? — perguntou Marcelo.

Ele deu uma olhadinha para o amigo, uma voz triste.

— O que você acha?

Gustavo pôs a mão no ombro dele.

— Não fica assim. Todo mundo sabe que você não ia fazer uma coisa dessas. Até a Rita te defendeu!

— A Bianca me olhou de um jeito…

— Impressão sua — disse Marcelo. — A Bianca também sabe.

— É, sim — concordou Gustavo. — Esquece.

Depois disso, não ouvi mais nada, outros alunos acabaram entrando no meio e a saída ficou tumultuada como nos demais dias.

BILHETE

Havia algo estranho naquela manhã. Bruna virou a cara para mim no momento em que a cumprimentei. Tive um sobressalto, fiquei meio boba na hora. Essa não era a Bruna que eu conhecia.

Sentei-me e em seguida pus a mão no braço dela, dando um leve toque.

— Ei, Bruna! Que foi?

A resposta veio a jato, fuzilando-me tal qual a uma criminosa:

— Como se você não soubesse!

Claro que eu não sabia.

— Você está brava comigo? — perguntei.

— Achei que fosse minha amiga, Malu.

— Que absurdo, Bruna! É claro que sou sua amiga! De onde tirou essa ideia boba?

— Boba? Daqui! — E me entregou um papelzinho dobrado.

Abre o olho, Bruna. A Malu anda espalhando que tá cansada de ensinar coisas para uma pessoa burra igual a você, que não aprende nada!

Fiquei boquiaberta, a fala demorou a sair.

— Você não acreditou nisso aqui, né, Bruna? É mentira! Eu nunca disse uma coisa dessas! Não me conhece?

Ela se calou. Insisti numa resposta:

— Bruna, pelo amor de Deus! Eu não teria a coragem de falar isso de você! É a minha melhor amiga! A minha única amiga!

— Mas, Malu... — foi me dizendo, já menos nervosa. — Quem mais ia saber que você anda me ajudando?

— Ora, Bruna! Qualquer pessoa! Sempre que falamos de estudar juntas combinamos aqui mesmo na classe, nunca fizemos segredo disso, qualquer um pode ter escutado e...

Dei uma espiada para o canto onde estava a turma da Paula. Nenhuma das meninas prestava atenção em nós, tudo parecia perfeitamente normal, mas nem por isso menos estranho.

Voltei-me para a minha amiga e fui falando baixinho:

— Eu não posso afirmar quem foi, mas... tenho uma suspeita, Bruna. Tem gente nessa classe que não gosta de mim. E, acredite, eu não ia fazer uma maldade dessas com você. Não ia, não.

— Tá bom, Malu — ela se convenceu. — Vamos esquecer isso.

E esquecemos. Mas apenas por algum tempo, não muito. Num outro dia, quando entrávamos na sala, nossos nomes estavam escancarados na lousa: *A dupla perfeita: Malu CDF e Bruna burrona.*

Apaguei imediatamente, senti o pavor de me ver amanhã ou depois na pele do Leo. A Bruna foi para a carteira, chateada, não disse nada. Durante bastante tempo foi assim que permaneceu, quieta, anotando coisas no caderno automaticamente, como se estivesse num outro mundo.

— Não fica assim, Bruna.

— Você fala isso porque não foi com você.

— Não escreveram de mim também?

— Melhor ser chamada de cê-dê-efe que de *burrona* — fez uma entonação de deboche na última palavra.

— Quem lhe disse? Não gosto que me chamem de cê-dê-efe também! Além do mais, você não é burra! Para com isso!

Nem concordou nem discordou.

— Bruna, você não é burra.

— Tá certo. Só que eu não quero mais a sua ajuda.

— Mas, por quê?

— Porque não. Não quero mais ninguém me comparando. Nunca serei inteligente como você.

— Bruna, que bobagem! É você quem está achando isso...

— Eu? Tem certeza, Malu? Um dia, bilhete. Agora, na lousa. Sem contar com a porta do banheiro, tá lembrada?

Sim, eu me lembrava. Havia alguns dias, flagramos os nossos nomes na porta do banheiro: "Malu CDF" num cantinho e "Bruna Burrona" um pouco mais além. Ela tomou a iniciativa, rabiscando os insultos.

— Chega, Malu! Já tinha mesmo pedido pro meu pai procurar uma professora particular se não quisesse me ver levando bomba no fim do ano. Vai ser melhor. Pelo menos, ninguém fica dizendo que a cê-dê-efe tá ajudando a burrona...

24

— Já falei que você não é burra, que coisa!

Bruna não arredava o pé de jeito nenhum, a cada pouco vinha com essa mesma lenga-lenga, parecia interminável. Mexi no meu material, em lápis e canetas, mais para refletir do que para qualquer outra coisa, não precisava de nada naquela hora, precisava de uma resposta, de uma frase que me dissesse: vamos esquecer isso, Malu, você tem razão, não vou ficar acreditando nesse bilhete anônimo, nem nessa lousa anônima, nem nessa porta de banheiro anônima, não vou acreditar em nada, só em você, que é minha amiga de verdade.

— Tá, Bruna, tudo bem... Se você acha melhor assim...

— Eu acho. Uma professora vai me ajudar mais. Hoje mesmo vou cobrar do meu pai uma resposta.

— Você é quem sabe. Só não quero que fique brava comigo ou então achando que tenho culpa disso. Quero que a nossa amizade continue a mesma.

A Bruna desviou a atenção, as mãos ocuparam-se de qualquer coisa que a desobrigasse de me olhar nos olhos. Ficou um vazio entre nós duas, um vazio de silêncio, um buraco, estávamos a meio metro uma da outra, mas qualquer uma de nós poderia sentir o espaço entre as duas carteiras como quilômetros de distância e profundidade. Era um abismo, porque nada mais conversamos durante as aulas e, se eu já o sentia ali, confirmei-o na hora do sinal.

— Vai indo na frente, Malu. Eu tenho de acabar de copiar a matéria, tô atrasada. A gente se encontra no pátio.

REDAÇÃO

Depois desse dia a Bruna me deixou de lado, nossas conversas transformaram-se apenas em apressados cumprimentos.

Via-me sem vínculos, angustiada. Estava alheia, fora da vida das pessoas.

Chegava a ser desastroso quando precisávamos fazer algum trabalho em grupo, nem que fosse na classe mesmo. Esperava todos resolverem quem ficaria no grupo de quem para então me encaixar no que ficasse com menos alunos.

— Entra aqui no nosso grupo, Bruna! Vem! — a Paula convidou, toda simpática. E a Bruna foi logo se levantando, arrastando carteira e tudo.

Pela primeira vez no ano, acabei me juntando ao grupo do Leo. Logo vieram as piadinhas, era incrível isso, um complô.

— Agora é que o Leitão vai se dar bem! — falou Denílson, e falou alto, para nós e quem mais quisesse ouvir. — Olha lá quem tá no grupo dele! A cê-dê-efe!

Ai que ódio! Eu detestava que me chamassem de cê-dê-efe! Odiava! Abominava!

A voz do Gustavo veio quebrar o gelo:

— Melhor a gente começar o trabalho logo.

Na verdade, uma redação. Deveríamos escrever sobre as conquistas do mundo tecnológico. Internet, CD, DVD, celular, câmera digital...

Falar sobre internet não era difícil, a maioria já estava bem acostumada a utilizá-la. Eu não era muito ligada em tudo isso nessa época, usava a internet praticamente para pesquisas, não tinha a menor paciência de ficar na frente do computador durante horas e horas como muitos da minha classe.

— Se bobear, varo a madrugada — declarou Marcelo.

— Eu ainda não tenho computador — confessou Leo, tímido. — Meu pai falou que vai dar um jeito de comprar um no ano que vem. Ele acha que assim posso melhorar as notas...

Senti o Leo sem graça com a última fala, provavelmente dita sem querer. Imaginava que não estivesse indo muito bem nas avaliações, mas era improvável que fosse por falta de computador, o Leo sabia muito bem disso. Pelo jeito, o pai dele não.

Gustavo continuou a falar sobre o assunto:

— Quem tem sente falta e não consegue mais abrir mão. Tiro uma base por mim. Quando aquele bendito computador vai para o conserto é uma droga, fico meio perdido, sem ter o que fazer.

— Nem me fale! — disse Marcelo.

— Às vezes passam uns filmes legais na tevê — lembrou-se Leo.

— É mesmo — concordei.

— De que tipo de filmes você gosta, Malu? — ele me perguntou.

— Ah... Vários. Drama, policial, romance... E você?

— Também gosto de filmes policiais, de aventura... Mas acho que o principal é o filme ser bom, ter uma boa história.

— Também acho isso, Leo.

— Prefiro mil vezes o computador — opinou Gustavo.

— Concordo plenamente! — falou Marcelo.

— E o que nós vamos escrever? — perguntei, retomando o propósito do grupo.

— Começa você, Malu, que é boa em redação. Aí a gente vai ajudando — sugeriu Leo.

— Tá bom.

Dessa forma, iniciamos o nosso trabalho. Eu escrevia algumas linhas, falava um pouco, eles falavam outro tanto e assim ia. Até que eu estava gostando, o meu grupo era bem legal. Mesmo o Leo, sempre tão quieto, estava empolgado com o trabalho. Deu vários exemplos, contou sobre a experiência dele de não ter computador e que, para ele, isso não era nenhum bicho de sete cabeças como era para os amigos. Parecia solto e completamente à vontade na conversa.

Eu estava só terminando de arrumar o último parágrafo quando deu o sinal. Levantei meio apressada, relendo a redação, por isso não percebi o pé no meio do caminho. Tropecei.

Na volta, ao passar pela Paula, ouvi:

— Foi bem na redação, cê-dê-efe?

Nem me dei ao trabalho de responder, fui até o meu grupo, cada um já tratando de recolocar a própria carteira no lugar.

Antes de se afastar, Leo comentou:

— Ficou legal a nossa redação, Malu. Acho que a Luciana vai gostar.

— Tomara! — respondi, confiante.

E gostou mesmo. No dia da entrega, confirmamos a nota: dez.

Pensando nisso hoje, se eu fosse a Luciana não teria atribuído dez ao nosso trabalho. Nove seria uma nota mais justa. Eu explico. Deixamos de escrever um fato de total relevância em nossa redação: que a internet fornecia meios mais que suficientes para acabar com a vida de uma pessoa.

Mas isso eu só fui aprender depois.

FÉRIAS, MERECIDAS FÉRIAS

Finalmente as férias de julho! Agarrei a oportunidade de viajar com a família como a melhor chance para me distanciar de todos os problemas. Meus pais, meu irmão de onze anos e eu partimos para o interior, na casa de uma prima da minha mãe.

— Nossa, Malu! Fazia tempo que eu não via você tão animada! — falou meu pai, já na estrada. É que eu não parava de falar, inventando um assunto atrás do outro com o meu irmão. Estávamos nos dando tão bem que a minha mãe disse que até dava para desconfiar.

— Férias, pai! Férias! — justifiquei — Quer coisa melhor?

— Acho que essa menina precisava mesmo de umas férias, João — disse minha mãe. — Andava tão tensa!

— Ah, são as provas! — afirmou meu pai com a mais pura convicção. — Até parece que você se esqueceu do tempo em que era estudante!

Eu não disse nada, deixei que pensassem assim. O que importava realmente era que eu estava feliz. Super.

Quando chegamos, já de cara fiz amizade com a Ana Carolina, filha dessa prima, da mesma idade que eu. A Carol era fanática por computador. Mal cheguei, foi logo me falando do programa de bate-papo, do blog e do presente do pai no último aniversário, uma câmera digital.

— Fazia um século que eu estava pedindo. Agora, sim, dá pra mandar fotos pros amigos, é superlegal!

Em poucos minutos, a Carol já me convencia a ter um desses programas. Contei que meu círculo de amizades era restrito, conversaria com quem afinal?

— Mas o objetivo é esse mesmo, Malu! Fazer mais amigos! É tão bom, você conhece tantas pessoas de lugares diferentes! Sabe, não consigo ficar sem. Tem hora que preciso falar, desabafar, gritar! A gente nunca está sozinha.

— Uso o *e-mail* quando quero falar com alguém — eu disse. Mas disse por dizer, mal conversava por *e-mail*.

— Ah, mas não é a mesma coisa! Vem cá! — e já foi me ensinando todos os detalhes.

Ficamos a tarde inteira lá no quarto, saímos apenas para um lanchinho rápido. Imaginei que fosse conhecer a cidade, dar uma volta, não estava acostumada a ficar tanto tempo plugada na internet. Mas numa coisa eu reparei: a Carol tinha amigos que não acabavam mais, conversava com quinhentas pessoas ao mesmo tempo. Quisera eu que a minha vida se abrisse feito janela da internet.

Não demorou muito, todos já sabiam que eu passava as férias na casa da Carol.

— Olha aqui, Malu! — apontou a tela. — Tem um montão de gente querendo te conhecer. Fala aqui um pouquinho com eles.

E eu falei. Os amigos dela quiseram saber como eu era. Manda uma foto sua pra gente, pediram. E, quando vi, a minha prima já estava de câmera na mão.

Não achei uma ideia muito feliz.

— Ah, Carol, não gosto de ficar tirando fotos.

— Deixa de ser boba, menina! Dá um sorriso aí. Vamos, Malu! Um sorrisinho só! Relaxa!

Cedi aos seus apelos e disse xis. Aí, foi instantâneo: clac, clac, clac, clac, clac.

— Chega, Carol!

— Fica fria, Malu! É bom tirar muitas fotos, assim a gente escolhe aquela em que você ficou mais bonita.

Minha autoestima andava tão balançada que eu tinha muitas dúvidas se uma daquelas fotos sairia boa, quero dizer, que eu ficasse bonita.

À noite, fomos ao *shopping* onde o pessoal marcava de conversar, tomar sorvete, ver as vitrines, fuçar nas lojas de CD, descobrir novos lançamentos. Às vezes não era para nada disso, era simplesmente para ficar com alguém.

Bom, mas acho que isso merece um capítulo à parte.

LINDA NOITE

Acho que começaria assim ao descrever aquela noite. Mas, para não cair na armadilha de construir rimas pobres, metáforas bobas, não vou fazê-lo. Vou pular essa parte e apenas contar os fatos.

Chegamos ao *shopping* por volta das oito e alguns amigos da Carol já nos aguardavam. Ela me apresentou, trocamos beijinhos, dissemos um "e aí, tudo bem?" e começamos um papo descontraído.

— Você nunca contou que tinha uma prima tão bonita, Carol.

Todos os olhos em mim, eu num estranho embaraço. Corei feito um pimentão, sorte que a minha pele morena disfarçava bem.

— Hmmm! — alguém da turma disse. A minha prima não foi. — Ficou ligado na Malu, hein, Pedro!

Pedro nem deu bola para a opinião da torcida.

— Vamos dar uma volta, Malu?

Eu tentava imaginar o que é que aquele lindo garoto de olhos mais lindos ainda, azuis como um mar de cartão-postal, teria visto em mim. Fiz de conta que não era apenas comigo com quem ele falava e imediatamente repassei o convite à minha prima.

Saímos todos juntos, o Pedro sempre ao meu lado, nós dois um pouco mais atrás, conversando e nos conhecendo melhor.

— Quantos anos você tem, Pedro? — perguntei, ao me sentir mais à vontade.

— Dezesseis. Você tem quatorze, eu sei, a Carol me disse.

— Nossa! — brinquei — A Carol já contou tudo de mim para todo mundo!

— Nem tudo. Hmm... Vamos ver... — e fez cara de quem puxa algo da memória. — De que você mais gosta? Que faz nos seus finais de semana? Gosta de cinema? Tem namorado?

— Meu Deus! — eu ri. — Quantas perguntas! O que você quer que eu responda primeiro?

Maliciosamente, Pedro botou aquele mar inteiro dentro dos meus olhos. E disse:

— A última.

Nós ficamos entretidos na conversa, nem vimos mais o pessoal. Provavelmente entraram em alguma loja de CD e nem se deram conta de nos avisar. Desconfiei de que tinha sido de propósito, mas qual a importância? Sinceridade? Gostei.

Nunca tinha ficado com um menino. Claro que houve algumas paixões, amores platônicos, desilusões devastadoras, uma desilusão sempre é devastadora. Mas falar de amor era uma possibilidade da mais remota. Eu ia me declarar abertamente? Absurdo.

Pedro era um cara gentil, carinhoso e se interessou por mim logo que me conheceu. Está certo, eu era uma garota de fora, uma garota que passaria na cidade apenas uma semana e que, se ele não quisesse ver nunca mais, não precisava.

Pensei nisso tudo? Imagina! Como poderia, se a cada pouco Pedro falava: "Você é tão linda, Malu!"... Ele pegava em meu cabelo, enrolava os cachinhos, desenrolava, tocava meu rosto achando tudo bonito, perfeito, macio...

— Você é uma gracinha, Malu.

— Eu, Pedro?

— Você, sim.

Eu me espantava, eu sei. Meu corpo se estranhava todo. Ouvir "é uma gracinha" parecia louco; "você é linda", mais.

Foi uma semana maravilhosa de beijos e abraços, paixão e amor. Não sei se há quem ame em tão pouco tempo, mas a brevidade das coisas não me interessa. Amei o Pedro.

A menina desengonçada do espelho não se refletia mais.

SEGUNDO SEMESTRE

Jogo de futebol é assim, os ânimos à flor da pele. A começar pela escolha do time, sempre marcada por algum tipo de confusão: quem vai no time de quem, a posição de cada jogador, um que aceita, outro nem tanto.

Geraldo, nosso professor de Educação Física, dividiu os grupos dos meninos nos primeiros minutos da aula.

— Você vai pro gol — alguém deve ter falado para o Leo. Ou não. Isso eu já estou inventando, talvez a decisão de ser goleiro tenha partido dele mesmo. Ou não.

Instantes depois, um som estridente: nosso professor, e também juiz oficial, apitava a falta. A cena era a seguinte: Leo deitado no chão, Geraldo mostrando um cartão amarelo para o Denílson, em volta dos três um amontoado de jogadores curiosos batendo boca e dando palpites a respeito da ação do juiz.

— O que aconteceu? — perguntei à Flávia, a menina sentada ao meu lado na arquibancada.

— Você não viu?

Balancei a cabeça:

— Acho que me distraí.

Ela se empolgou a contar, sabia todos os detalhes:

— O Denílson foi com tudo para o gol. Correu, correu, correu feito doido, deixando todo mundo para trás. Até pensei: agora é gol. O povo na maior gritaria — a Flávia deu uma pausa. — Você não ouviu, não?

— Sei lá — respondi. — Gritaria estava mesmo, mas estava desde o começo.

— Ah, não! Muito diferente. Era aquele grito de gol que vai sair, sabe?

— Tá, mas não saiu pelo jeito.

— Não, não saiu. O Leitão até que fez uma defesa bonita, o coitado se ralou todo na quadra. Ele agarrou a bola, segurando firme contra o peito. O problema é que não se levantou logo e o Denílson, sabe como é, não perdoa, achou que ainda tivesse uma chance. Então, foi por cima e continuou chutando, tentando tomar a bola. Parece que acertou a mão dele, por isso tomou o cartão.

— Que estúpido!

— Jogo de futebol é assim mesmo.

— O Denílson fez de propósito, Flávia.

— Fez nada. Até parece que você nunca jogou futebol!

O Denílson não sossegava. Rodeava o professor, cercando-o como a um bicho no alçapão.

— Não foi falta, Geraldo! — eu ouvi claramente os berros do Denílson na tentativa de reverter a decisão do juiz. Sentia-se o maior injustiçado. — Foi uma jogada normal! Limpa!

33

O professor não deu ouvidos, falta é falta, e mandou prosseguir o jogo. Antes, aproximou-se do seu aluno e goleiro perguntando qualquer coisa. O Leo segurou a própria mão, fitou-a, em seguida balançou a cabeça em sentido afirmativo. O jogo ia continuar; o Leo também.

Denílson ficou enfurecido tal qual um touro valente e não ia sossegar enquanto não marcasse um gol. Custasse o que custasse.

Foi pouco tempo depois. O gol saiu, direto do pé do Denílson. E ele correu, aos gritos, comemorando. O Leo, a gente via, arrasado, outra vez segurando a mão machucada, examinando-a, quem sabe sentindo-se traído, incapaz de ter agarrado a bola no momento certo, quem sabe sentindo dor. Sim, o rosto era de dor. O próprio time, sem piedade, caindo em cima, Leitão, seu frangueiro gordo! Tá fora da próxima vez! Tá fora! Frangueiro! Leofante! Frangueiro! Leofante! Até que o Leo não suportou mais e abandonou a equipe, dirigindo-se ao vestiário. Frangueiro! Leofante!

O professor foi atrás, não sei o que conversaram, mas era fim de jogo, mas não da piada; os apelidos prosseguiram insistentes; um zunido impiedoso cruzou o pátio, a sala de aula e lá ficou preso feito um beija-flor atordoado.

Leo não teve paz sequer na saída, perseguido mesmo do lado de fora da escola. O Marcelo me contou que ele até mudou o caminho de casa.

— Espera, Leo! — pediu Marcelo. Viu que o Leo estava nervoso, supertenso com essa história.

— Não! Não quero esperar. Quero sumir! Sumir! — e saiu correndo, desesperado, numa direção totalmente contrária à qual costumava tomar todos os dias.

Se não estou enganada, foi a partir desse dia que o Leo ficou diferente.

A MENINA DO ESPELHO

Os olhos maliciosos de Paula, Patrícia e Mariana eram espelhos de mim. Por eles me avaliava, julgava e condenava, sem chance de absolvição. Era minha inimiga. Não gostava dessa Malu refletida, queria saber da Malu das férias, onde fora parar.

Ah, mas aquela Malu…

Aquela Malu existia apenas na solidão do meu quarto, o computador ligado e eu conectada a outro mundo. Não me interessava que fosse virtual; nele, eu tinha lugar.

Minha mãe estranhava, dizia que eu precisava sair, conversar com os amigos. Pois é, mas que amigos? Não, eu estava bem assim, que me deixasse assim. Eu já conversava com tanta gente!

Foi nessa época que o computador transformou-se em meu grande aliado. Lembrava-me da Carol e lhe dava toda a razão: você nunca está sozinha.

Sentia saudades do Pedro.

— Quando você volta, Malu? — ele me perguntou, certa vez, pelo programa de bate-papo. Era como nos falávamos todos os dias.

— Só nas próximas férias, eu acho.

— Ah, mas ainda tá muito longe!

— É, eu sei. E aposto que, até lá, nem vai mais se lembrar de mim.

— Claro que vou! Não seja boba.

Ficávamos durante horas planejando novos encontros, dizendo frases de amor, tolices e mais tolices, conversando sobre interesses em comum. Nada sobre os meus problemas, nada. Faltava-me coragem para contar a quem quer que fosse, nem à minha prima eu falava, via aquilo tudo como um assunto meu, lá da escola.

O tempo passava e os alunos cada vez mais eufóricos com a aproximação da formatura e os preparativos da festa. Para mim, só as férias importavam. A casa da Carol, o Pedro, os muitos beijos

que daria em sua boca, o sonho de estar em paz, e isso não era pouca coisa.

Escutei uma conversa assim, num certo dia:

— Paty, o que você vai fazer no cabelo no dia da formatura?

— Ainda não sei, Paula.

— E você, Mari?

— Hmm… não decidi ainda.

— Tem gente que vai ter um trabalhão pra arrumar…

Eu andava cada vez mais quieta e também cada vez mais observadora. Ouvia ruídos distantes, apreendia atitudes mínimas, exercícios construídos à custa da minha solidão.

Leo estava esquisito. Calado, sério… Sei que algumas pessoas nem perceberam porque muitas vezes era exatamente assim que se comportava.

Eis o comentário de algumas delas:

— O Leo é muito tímido.

— O Leo? Uma graça de menino! Tão bonzinho…

— O Leo tem uma calma de dar inveja.

— O Leo tem um coração de ouro.

— O Leo…

Eram essas as impressões que as pessoas tinham dele.

Sempre ouvi dizer que cada um interpreta os fatos, a própria vida, como quer. O Leo verdadeiro, com todas as dificuldades e sofrimentos, só ele próprio conhecia. Talvez eu, sem intenção de parecer pretensiosa, cheguei a uma leve desconfiança.

O dia da formatura foi um caos na minha vida. Na de todos nós.

CELULAR

— Presente? De formatura?

— Isso mesmo. Por que o espanto, Malu?

— Sei lá. Acho que é porque eu nem estava pensando nisso.

— Ah, mas você merece! Está se formando!

— Mãe... é só o ensino fundamental.

— E daí? Na minha época, tive baile e tudo. Ai, Malu! Que vontade que os anos voltassem e eu tivesse novamente quatorze anos...

— Deus me livre!

— Por que Deus me livre?

— Mãe, eu quero que passe logo tudo isso. Por mim, já fazia dezoito, vinte anos na semana que vem!

— Credo, Malu! Que bobagem! Tem que aproveitar a adolescência. Ô fase boa, maravilhosa!

Minha mãe delirava. Claro, não havia outra explicação. Ou a adolescência dela tinha sido realmente uma maravilha ou sua memória era curta.

Enfim, recebi o presente e agradeci. Era a véspera da formatura e eu precisava buscar o meu vestido na costureira. Mas não estava nada empolgada, a palavra correta era preocupada. E o motivo principal, claro, o meu cabelo. Azucrinando os meus ouvidos, a voz da cretina da Paula: "Tem gente que vai ter um trabalhão pra arrumar...".

Imagine se a Paula ficasse cochichando enquanto eu recebesse o cumprimento dos professores ou, pior, passasse o pé bem na hora que eu subisse as escadas? Sei lá se havia qualquer escada, isso já era coisa da minha imaginação, que provavelmente vagava pela cena de algum desses filmes americanos. Ainda bem que as meninas não precisavam do convite dos meninos para irem acompanhadas ao baile. Seria um fiasco.

Minha mãe me levou de carro até a casa da costureira. No caminho de volta ouvi um toque. Era do celular.

— Mensagem — eu disse, mas não sem estranheza. Quem me mandaria, se eu acabara de ganhar o presente?

— Mensagem de quem, filha?

— Não sei ainda.

Fiquei fuçando no aparelho até achar o lugar de acesso. Comecei a ler. Uma onda de horror, nojo, raiva, desespero foi subindo pelo meu corpo, pelo meu rosto. Eu estava fervendo.

Minha mãe percebeu a minha cara pasmada, a mudança repentina.

— Que foi, Malu?

A voz não saía, prendia-se toda dentro do meu corpo, não só na garganta mas em todo ele. Há muito tempo eu estava engasgada com essa história, que ficava cada vez mais emaranhada, com nós cada vez mais apertados.

A pergunta veio numa explosão:

— Quem tem o número?

— Quê?

— Quem tem o número, mãe?! Do celular!

— O número? Não, sei, filha! Por quê? Aconteceu alguma coisa?

O portão da garagem estava se abrindo. Tínhamos chegado em casa.

— Aconteceu alguma coisa, Malu?

— Não.

Abri a porta do carro e desci, nem peguei o vestido. Meu irmão estava na sala, assistindo à tevê e comendo pipoca.

— Alguém me ligou, Marquinhos?

— Não — ele nem desgrudou os olhos da tela.

Entrei na frente do filme, o protesto foi na hora:

— Ô! Dá licença!

— Tem certeza?

— Certeza de quê?

— Tá vendo? Você nem me ouviu!

— Ouvi o quê?

— Alguém me ligou?

— Ah… Ligou.

Saí da frente, sentei-me ao seu lado.
— Quem?
— Não sei, não deixou o nome. Falei pra ligar no celular.
— Você deu o número?
— Lógico, ela não tinha!
— Por que você foi fazer isso?
— Ué! Não era pra dar, não?
— NÃO!
— Ei! Não precisa gritar! Você não me disse nada!

Nisso, minha mãe entra carregando o vestido, um jeito superpreocupado. Eu dava um passo, dava outro, mas estava completamente perdida, sem direção.

— Malu, você vai me dizer o que está acontecendo ou não?
— NÃO!

Fui para o quarto, meu território de sossego, mas nem ali. Nem. Deitei-me na cama, o travesseiro sufocando meu rosto molhado, mas sufoco maior era outro.

Ouvi baterem na porta. Minha mãe. Agora não. Agora não.

Só mais tarde peguei o celular e apaguei a tal mensagem. Claro, anônima:

Mais tarde fui obrigada a contar à minha mãe o motivo de tanto desespero. Entretanto, simplifiquei o conteúdo da mensagem: meu cabelo, feio e desajeitado, daria uma trabalheira danada para arrumar. Bom, ninguém pode dizer que essa frase nunca existiu.

— Que é isso, filha! Vai ficar assim por causa de uma pessoa que você nem sabe? Olha, encara isso como um trote. Pronto. Gente que não tem o que fazer. Claro que o seu cabelo vai ficar bom! Você tem um cabelo lindo!

— Lindo? — mãe é sempre um exagero. — Não fala besteira.

— Não estou falando. Acho mesmo seu cabelo lindo. Quem dera eu tivesse os cabelos crespos, esse volume bonito... — ela foi pegando no meu cabelo, puxando os cachinhos. Até me lembrei do Pedro, ele também fazia isso. Deu saudades, mais ainda a vontade de estar longe de tudo.

— Nunca posso escovar que ele fica armado feito nem sei o quê!

— Então, não escove. Deixe assim, natural. É tão bonito... Malu, não vá estragar a sua noite por causa dessa mensagem anônima. É a sua noite, minha querida. Sua.

MEDUSA

Na tarde seguinte, no exato dia da formatura, eu e a Bruna nos encontramos na padaria quando ela já estava de saída.

Cumprimentou-me, mas o fez com certo embaraço, eu percebi. Impossível que fosse por causa daquela antiga história de burrona, cê-dê-efe, pois a Bruna, até onde eu sabia, recuperara as notas sem maiores problemas.

Enfim, fiz a compra e saí. A Bruna ainda lá fora. Fui passando.

— Malu!

Ela se aproximou, fiquei calada à espera. Nada. Um silêncio total. Dei uma mãozinha:

— Você quer falar comigo, Bruna?

— É...

— Fala.

— Ahn... Olha, Malu. Sei que aconteceu tanta coisa neste ano... você é legal...

Esbocei um sorriso amigável, movendo a cabeça de um lado a outro.

— Bruna, eu não estou chateada com você, se é isso o que quer saber. Tudo bem, esquece.

Outra vez silêncio. Pelo visto, a questão não era essa.

— O que aconteceu, Bruna? Seja lá o que for, é melhor falar. Se contaram que eu disse alguma coisa de você...

— Não é isso. Malu, não tenho nada contra você. É que eu tô sabendo...

— Sabendo o quê?

— Eu nem ia te contar, não gosto de me meter, mas quando te vi agora, entrando na padaria... me bateu um remorso, acho que você nem sabe de nada... não merece...

— Sabe o quê? — fui ficando aflita, a Bruna tropeçando nas palavras. — Fala!

— O fotolog da Paula. A classe inteira tá comentando, a maior gozação...

— Do que é que você tá falando, Bruna? Comentando de quem?

— De você.

— De mim? Mas o quê?

— É melhor que você mesma veja.

Senti as pernas bobas, fui me sentindo enfraquecida, virando um ponto minúsculo.

Mudei um passo, depois outro, e corri. Precisava olhar o tal do fotolog de uma vez. O vento na cara jogava os cabelos nos olhos e na boca, e eles colavam na face molhada, a visão turva, fios e água misturados, fios de água escorrendo e eu enxergando tão pouco.

Em casa, no quarto, o computador ligado, a conexão mais demorada do mundo, a ansiedade embrulhando o estômago e revolvendo-o tal qual roupas em máquina de lavar.

Novamente, a Malu aqui era a piada da semana. Copiaram uma fotografia do meu fotolog e fizeram uma montagem indecente. O título: "Medusa: direto da Grécia para a formatura".

Era o meu rosto, mas tinham me transformado na repugnante figura, as famosas serpentes em vez de cabelos, dois chifres pontiagudos. O corpo, dentro de um maiô profundamente decotado, peitos enormes, mal cabendo nele, também não era meu.

Li comentário por comentário:

1 – Adorei a foto da Medusa! Sabia que ela é o símbolo da rejeição, incapaz de amar e ser amada? Li isso em algum lugar, não me lembro onde...

2 – Nossa! Dá só uma olhada nos cabelos! Combinou legal com a Malu esponja de aço.

3 – Uau! Que medo! Será que não vou ser transformado em pedra também? Rá, rá, rá.

4 – Hmm... corpão bonito... CDF peituda!

5 – Chega. Não tem cinco. Não vou reproduzir mais nenhum comentário, eram todos mais ou menos nesse estilo.

Senti-me um lixo. Pior que lixo. Agora, até foto minha na internet?

CAOS

Foi difícil disfarçar a amargura, o inchaço dos olhos, a vermelhidão. Minha mãe não entendia, exigia explicações, mas em vez de eu falar o que ela desejava ouvir, afirmei:

— Não vou mais estudar nessa escola no ano que vem.

— Agora não é hora de resolver isso, Malu.

— É, sim — falei, convicta. — Não vou mais. Não vou!

Ela estranhou o meu comportamento:

— Acho que está acontecendo alguma coisa que você não quer me contar. Outra mensagem?

— Não.

— Então por que ficou a tarde toda trancada no quarto? Você chorou, eu sei. Olha, Malu, eu sou a sua mãe. Pode se abrir comigo. Quando perguntei a você por que a Bruna parou de frequentar a nossa casa, você me disse que ela já tinha melhorado as notas e não precisava mais da sua ajuda. Acabei acreditando que era isso mesmo, mas agora vejo que eu talvez não tenha sido atenta o suficiente…

— Mãe…

— Malu, o que é que está acontecendo de verdade?

— Mãe! Isso não tem nada a ver com a Bruna. Que história mais antiga!

— Então me conta o que é.

— Estou cansada, só isso. Quero mudar de escola. Não adianta você falar nada, já decidi, vou mudar de escola.

— Tá bom, Malu. Depois a gente conversa sobre isso. Vamos, seu pai está esperando no carro.

Ela foi dando uns passos. Eu, não. Fiquei no mesmo lugar, firme igual a estaca:

— Já resolvi, mãe. Não tem mais conversa. Vou mudar de escola, ponto final.

Lembro que repeti isso nem sei quantas vezes. A partir desse dia tinha jurado que ninguém mais ia me fazer de palhaça. Chega. Chega de Paula, chega de tudo. As outras pessoas da classe também não eram como eu pensava, muitos dali compactuando com ela. Chega, chega. Dera um basta. Não ia mais estudar naquela escola. Não ia, não ia, não ia.

45

Sem a menor vontade de ver a turma, cheguei ao salão com idêntica falta de disposição. Sentia nojo quando olhava para aquelas pessoas com suas roupas deslumbrantes, seus cabelos arrumados, a maquiagem impecável, porém o coração petrificado. As pessoas eram ruins, eu tinha aprendido, e faziam maldades deliberadamente. Não importava se alguém estivesse sofrendo, claro, muitos estavam se divertindo. O sacrifício de um em prol do bel-prazer de outros. A história da humanidade conta com inúmeros exemplos dessa espécie, não é exclusividade da Malu. Ou do Leo.

Passei por ele num dado momento:

— Oi, Leo.

— Oi — sem sorriso, ar compenetrado.

Tomamos os nossos lugares. Estávamos acomodados em fileiras de frente para os convidados, ao lado da mesa onde ficavam os professores.

Enquanto nossos nomes eram pronunciados, eu pensava em tanta coisa... O que é que eu estava fazendo ali, meu Deus do céu? O quê? Aquele não era meu lugar, não mesmo. Mas muito em breve tudo estaria resolvido, bastava um pouco de paciência que logo estaria livre.

— Leonardo!

Retomei a atenção à cerimônia; a essa altura vários alunos já seguravam seus diplomas.

Olhei para o Leo chegando à mesa, sério, andando devagar, sem se virar para os lados, para lugar nenhum, somente atento ao caminho que seguia.

Mais um instante e Leo chega até a paraninfa. A professora Rita, sorrindo, estende uma das mãos a fim de cumprimentá-lo. Leo copia o gesto, mas a mão não encontra a da professora, encontra a pilha de diplomas caprichosamente dispostos em cima da mesa. O braço os remove dali muito rapidamente, numa só passada. Tudo ao chão. No instante seguinte, com as duas mãos e uma força inacreditável, vira a mesa. Ouvem-se os primeiros gritos.

46

Espanto. Desespero. Professores levantam-se assustados, alguns caem com o impacto violento. Leo toma uma das cadeiras vazias e parte em direção à nossa turma, uma fúria incontrolável, pronto para estraçalhar quem aparecesse no caminho. E assim vai fazendo uma varredura, atingindo os da primeira fileira, da seguinte e da seguinte. Instintivamente me afasto, indo para o fundo e ficando rente à parede. Nem todos fazem o mesmo, para alguns não há tempo, tropeçam, caem, amontoam-se uns por cima dos outros. A cadeira ainda firme nas mãos do Leo. Ele, enfurecido, louco, uma força que talvez nem soubesse que tinha. O braço ergue, desce, não quer saber onde acerta. E acerta, machuca diversas pessoas. Alguém arrisca detê-lo. Inútil. Também seus pés chutam cadeiras, alunos, o que aparece pela frente. Gritos de horror e pânico. O salão transforma-se no caos.

Ouço:

— Filho, não! Leo! Para, Leo! Para!

Mas ele não ouve ninguém, está determinado a acabar com tudo. E com todos.

— Leo! Leo!

As pessoas vão se juntando, um segura, outro também, e depois, não tanto tempo depois, mas para nós uma eternidade, o domínio. Leo, cansado, vencido.

Assim terminou aquele ano. Diplomas espalhados pelo chão, cadeiras tombadas, flores esmagadas, pais desesperados, formandos abraçados, chorando, outros sendo socorridos.

Saí do meu canto, fui para a frente, em direção à porta; meu pai, minha mãe e meu irmão a caminho, aflitos à minha procura. O Leo logo atrás, os pais ao lado dele, desnorteados, perplexos. Todos estavam. Leo passou por mim, abatido, cabeça baixa. Não me olhou, não olhou ninguém.

— Vamos embora, filha! — e o braço me envolveu, dando proteção. Na cabeça do meu pai, eu, tão exposta, um perigo. Esse maluco violento, foi falando no caminho de volta. Como é que pode, cadê a nossa segurança, se tivesse uma arma, atirava, atirava mesmo!, o que esses meninos pensam da vida, alguém tem de fazer alguma coisa, uma pessoa dessas não pode ficar solta, é louco, só pode ser, onde a gente vai parar, meu Deus do céu...

Fechei os olhos, uma tontura, tanta coisa ouvindo, cenas reaparecendo, o Leo derrotado, sujo, miserável. Eu, aquela ânsia, o estômago embrulhando tudo e outra vez é louco, só pode ser... onde a gente vai... meu Deus... meu Deus...

Só o que eu precisava era esquecer, simplesmente. E tudo ficaria certo, no devido lugar.

AGOSTO
TRÊS ANOS DEPOIS

COISAS ANTIGAS

Difícil escrever o que escrevi, abrir as janelas e ver o tempo desarrumando as lembranças num vento de alvoroço.

Algumas notícias sobre o Leo chegaram até nós, não muitas. Na volta para casa, Leo se sentiu mal e foi hospitalizado. Depois, passou por uma avaliação do promotor da Infância e da Juventude, pelo Conselho Tutelar e também por um psicólogo, a fim de receber acompanhamento. Um pouco mais para frente, seus pais providenciaram a venda da casa e, antes mesmo que recomeçassem as aulas no ano seguinte, mudaram-se. Outra cidade? Nunca mais ouvi falar dele.

Transferi-me de colégio e, então, Paula e suas amigas, Denílson e aquela turma felizmente desapareceram da minha frente. Dediquei-me aos estudos, aos mais diferentes cursos, conheci novas pessoas, mas entregar-me às amizades com confiança e leveza era algo supercomplicado, pensava até impossível.

Viajei para a casa da minha prima naquele final de ano e eu e o Pedro novamente ficamos juntos. Ele era meu espelho, meu reflexo mais bonito. Ao seu lado imaginava-me prédio em construção: cada dia mais forte, o aço estruturando blocos.

Mas essa foi a última vez que estivemos juntos. Namorar apenas pela internet ou então só nas férias não deu muito certo. O amor necessita da presença, do contato e do tato, do olho no olho.

Minha angústia recomeçou logo que entrei no terceiro ano do ensino médio. Rifas, eventos para arrecadar dinheiro, vendas de lanchinhos no intervalo, baile, formatura. Outra vez. Ouvia a palavra e ficava mal, meu coração acelerava, a cabeça rodava, repetia o filme. Leo, Paula, mensagem anônima no celular, foto na internet, diplomas no chão, cadeiras de pernas para o ar, flores esmigalhadas, pessoas pisoteadas, gritaria, sangue. E de novo, Leo, Paula...

Pesadelos começaram a me atormentar quase que diariamente. Na hora em que recebia o diploma, as pessoas iam se aproximando, aproximando, rindo muito, às gargalhadas; eu, boba, ingênua, não entendendo nada, do que é que estavam rindo? Aí, do meio de todos, surgia a Paula, altiva, com aquela cabeça nas mãos, a Medusa, e me entregava como se fosse troféu. Receba, receba, é sua, é você, você! Não! E acordava, aos gritos. Minha mãe, no quarto, perguntava, acarinhava... Pesadelo, era só pesadelo... Então, me abraçava e me punha para dormir como quando eu era criança.

Onde estava o Leo? O que teria acontecido com ele? Eu ficava me perguntando, inventando respostas, buscando compreender aquele dia e todos os demais. Aquele ano, para mim, tinha sido uma tortura. E para o Leo também. Será que ele se sentia assim até hoje? Será que já tinha esquecido, abandonado os fantasmas, deixado essa época para trás? E o que falar de mim?

A palavra formatura soltava faíscas eletrizantes em meu corpo. Vivia na certeza da repetição, o estômago revolvia lembranças azedas, e a qualquer momento eu entraria em curto.

Para onde o Leo teria ido? Para onde?

A Camila, minha melhor amiga desde o primeiro ano, andava desconfiada de tantos temores. Eu falava para ela que não era nada, que estava tudo bem. Que mania, Camila, de ficar toda a hora me perguntando coisas!, e eu mudava o assunto numa agilidade supersônica.

Na saída da aula, ela me procurou. Olhei para trás ao ouvir meu nome.

— Espera, Malu! Preciso falar com você! Se não dou uma corrida...

— Camila, você sabe muito bem que não posso perder o ônibus! Meu Inglês começa daqui a pouco!

— Tá certo, tá certo. Então, vamos conversando — e foi enganchando seu braço no meu, puxando-me a fim de seguirmos juntas o caminho.

Parei.

— Você vai até o ponto? Mas a sua casa é do outro lado!

— Não ligo, é tão pertinho!

Retomamos a caminhada.

— E o que tanto quer falar comigo que não pode esperar até amanhã?

— Hoje à tarde a comissão se reúne para acertar alguns detalhes da formatura. E eu disse que levaria a sua resposta.

— Que resposta?

— Andei conversando com a classe e todos concordam que a nossa oradora deve ser você.

— O quê?

Senti um frio na barriga.

— Por que esse espanto? Você escreve tão bem!

— Tá maluca? Eu não quero escrever nenhum discurso, muito menos ser a oradora da turma. Veja só se tem cabimento!

— E por que não? Além de escrever, você fala muito bem. Em todos os seminários que apresentamos...

— Camila, trabalho de escola é uma coisa, formatura é outra.

— Mas é a *nossa* formatura, não é a formatura de qualquer um.

— Minha resposta é não.

— Não pode, pelo menos, pensar um pouquinho? Hein? — e fez a maior cara de piedade.

Falei com jeito, para que ela não ficasse magoada:

— Eu nem tenho tempo pra isso, Camila! Hoje mesmo, saio do Inglês e vou direto para a aula de pintura. Não quero me comprometer com mais uma coisa. Não dá, de jeito nenhum. E pode ir mudando o caminho, preciso acelerar o passo, senão vou acabar me atrasando. Tchau.

Do lugar em que a deixei, a Camila gritou:

— Rosas ou flores do campo para os professores? Qual você gosta mais? Acha mais bonito? Dá um palpite, poxa!

Só ergui a mão dando-lhe um tchauzinho, sem me virar. Pensei em meus compromissos e também que ainda não surgira nenhuma ideia, pelo menos algo que julgasse bom, para a pintura do quadro. Rosas ou flores do campo?

E imediatamente a fotografia emerge das minhas lembranças e cola na tela.

A cena das flores esmagadas e todo o resto.

COLEGAS DO 9º ANO

Minha ex-escola exalava um cheiro conhecido, as conversas dos alunos nos corredores, o sinal, as pessoas da secretaria, qualquer ruído me jogava a um passado insuportável.

Perguntei sobre o Leo à secretária, queria saber para onde tinha sido transferido.

— Ele foi para outra cidade.

— Qual cidade?

— Sinto muito, não estamos autorizados a revelar. Foi um pedido da família.

— Sei…

— E também faz tanto tempo, não é, Maria Lúcia? Pode até ser que ele já tenha se mudado novamente.

— Pode ser. Tem certeza de que não pode mesmo me dizer o nome da escola… da cidade…? Eu precisava tanto falar com ele!

— Desculpe. Você sabe, nas circunstâncias em que o Leo saiu… A família estava muito transtornada, com medo de represálias. Todos queriam esquecer aquele pesadelo, proteger o filho.

— Entendo.

Em casa, conversei com a minha prima pela internet. Contei-lhe que eu estava procurando um antigo colega de classe, mas omiti o real motivo.

— Não sei por onde começar. Perdi o contato com todo mundo, aliás, fiz questão disso.

— E por quê, Malu? Aconteceu alguma coisa... Brigou com alguém?

— Ah... É uma história muito comprida, Carol. Quem sabe quando a gente se encontrar de novo eu conte.

— Você tinha alguma coisa com esse tal de Leo?

— É lógico que não! Eu não estava com o Pedro naquela época?

— Ah, é verdade. Então, o que tanto você quer com ele?

— Não sei. Depois a gente se fala mais, tá?

E me despedi. Não queria ver a conversa se arrastando, adivinhava a Carol me pedindo detalhes, esmiuçando acontecimentos. Mas não foi só por causa disso. Queria ficar quieta, organizar melhor meus pensamentos.

Fui até a sala, folheei a lista telefônica, Gustavo do quê, mesmo? Marcelo do quê? Qual o sobrenome deles? Inútil. Não me lembrava. Claro que poderia reaparecer lá na escola, no horário da saída, mas e a Paula, o Denílson, aquela turma toda? Fora de cogitação.

Deixei a lista de lado, esparramei-me no sofá, assim ficando uns bons minutos. Lembrei-me de alguém. Ainda tinha o telefone dela. Peguei minha agenda e vi o número.

— Nem acredito que é você, Malu! Puxa, quanto tempo!

— É, mesmo.

Achei mais conveniente entrar logo no assunto:

— Bruna, liguei porque preciso saber se você tem alguma notícia do Leo.

— Do Leo? E pra que é que você quer falar com o Leo?

— Tem ou não tem?

— Ele mudou de cidade.

— Isso eu já sabia. Não sabe mais nada sobre ele?

— Nadinha.

— Imagina alguém que possa saber?

— Hmm… não… nunca mais falamos dele… Quer dizer, até falamos, mas isso foi só no começo. Eu lembro que o Denílson estava louco, querendo pegar o cara de qualquer jeito, se soubesse onde estava… O Leo acertou feio na cabeça dele, até cortou, teve que dar ponto e tudo. Nossa… O Denílson ficou com tanta raiva, mas tanta! Só falava nisso no começo daquele ano, não se conformava, de jeito nenhum. Todo valentão… Você lembra que na festa…

— Não me lembro de muita coisa, Bruna — menti, cortando possíveis detalhes.— Só queria mesmo saber se você tinha alguma informação.

— Já tentou os meninos que eram mais próximos?

— Pensei no Gustavo e no Marcelo, mas não sei como falar com eles, não tenho o número do telefone, nada.

— Cada um foi para um canto, Malu. O Marcelo é o único com quem ainda tenho contato, a gente se fala de vez em quando pela internet.

— E você pode me passar o contato dele?

— Claro, não me custa nada.

INTERNET

Tentei falar com o Marcelo, mas parece que justamente nesse dia ele tinha resolvido se desconectar do mundo.

No dia seguinte, nas aulas, minha cabeça achava-se completamente longe, a impressão de que a voz do professor e todas as demais estavam a quilômetros de distância, e por causa disso as palavras se perdiam no espaço sem conseguir chegar.

A Camila deve ter notado essa minha falta de concentração porque na hora do intervalo conversou comigo.

— Malu, posso fazer uma pergunta?

— Pode, ué.

— Por que você não confia em mim?

— Eu? Que bobagem, Camila! Você é a única amiga que eu tenho, se eu não confiasse em você, ia confiar em quem?

A Camila não se convenceu com essa história de melhor amiga.

— Malu, você pensa que eu não tenho percebido?

— Percebido o quê?

— Vamos parar de brincar de gato e rato.

— Quem é que está brincando?

— Você. Eu falo e finge que não entende.

— Eu?!

— Olha só! Não tô dizendo! Para de se fazer de desentendida!

— Para você, Camila! Coisa mais chata! Eu vou para a classe.

— Malu! Espera, Malu!

Não era hora de retornarmos à sala, ainda faltavam alguns minutos para o sinal, mas isso pouco me importava. Para mim, o distanciamento das pessoas funcionava como uma tela de proteção; a Malu em segurança máxima, o espaço milimetricamente protegido. A Malu estável, morna.

Mas senti medo.

Não conversei mais com a Camila, que me observava a todo minuto da carteira ao lado. A sensação de que estivesse me espionando ou algo assim, espionando por dentro, o que é pior e muito mais desagradável.

Surpresa boa à noite, ao entrar na internet.

— Puxa, Marcelo, que bom te encontrar! Lembra de mim? A Malu!

— Oi! Quanto tempo!

— Pois é. Estou procurando o Leo. Você tem notícia dele?

— Nossa, Malu! Ninguém mais falou do Leo pra mim.

— Não brinca, Marcelo! Vocês não eram amigos?

— Claro, fomos amigos durante muito tempo. Pra você ter uma ideia, estudamos juntos desde o primeiro ano. Acho que só umas duas vezes não caímos na mesma classe.

— E a amizade acabou?

— Ele que foi embora sem me dar um tchau, nada. Mas não guardo mágoa, tenho muita pena apesar de tudo. Desde pequeno aprontavam com ele.

— Ah, é? E faziam o quê?

— Bem, o Leo sempre foi o mais gordinho de todos nós, o pessoal tirava sarro, sabe como é. Em qualquer jogo ele era sempre o último a ser escolhido e ainda assim a turma reclamava dizendo que ia atrapalhar, afundar o time… entre outras coisas que eu nem lembro mais, já faz tanto tempo tudo isso.

— E você não ajudava? Não fazia nada?

— Falava pra ele não dar bola, deixa pra lá, Leitão, esses moleques são uns tontos, filhinhos da mamãe. Eu achava que me ouvisse, que não esquentasse a cabeça.

— Leitão… Desde quando chamavam o Leo assim?

— Ih… Sei lá, é coisa antiga. Segundo ano, terceiro… não sei ao certo. Só sei que era Leitão pra cá, Leitão pra lá… ou então Gordo. Mas acho que ele não ligava pra isso, não, já estava acostumado.

— Claro que ligava!

— Como é que você pode saber?

— Ninguém gosta de ser chamado de Leitão ou de qualquer outro apelido pejorativo.

— Chamavam você de cê-dê-efe e Malu esponja de aço, né? Eu lembro.

Meu coração pulou desesperado. O Marcelo lembrava, claro, ninguém daquela maldita classe ia esquecer!

Comecei a chorar compulsivamente, digitar estava fora de qualquer possibilidade. Da mais remota.

O Marcelo pediu a minha atenção mais de uma vez, não dei a mínima importância. Saí da porcaria da internet, ele que me achasse uma sem educação de marca maior, que pensasse o que bem entendesse e pronto!

PARECIA PESADELO

— Nossa! Que cara, Malu! Outro pesadelo, filha? — minha mãe questionou logo, no café da manhã seguinte. Minha aparência não estava mesmo lá essas coisas.

Fiz um gesto com a cabeça. Ela colocou a mão sobre a minha, apertou devagar.

— Fala.

— Não tenho nada pra falar.

Começou a cortar uma fatia de pão, a passar a manteiga, queria deixar transparecer uma naturalidade inexistente. Conhecia bem a minha mãe.

— Sabe, Malu, eu estive pensando — a faca ainda lambuzando a manteiga no pão, gesto lento, pensado. — O que você acha... Sei que tem tanto compromisso já, mas a gente poderia dar um jeito no horário para não ficar tão sobrecarregada, às vezes acho que é isso o que acaba atrapalhando a sua cabeça, muita coisa.

Um instante de silêncio, uma mordida no pão.

— O que você acha de fazer terapia?

— Não.

— Mas por que não, Malu?

— Já disse que não.

— Que cabeça-dura! O que é que tem de mais? Eu já fiz, foi bom e...

— Foi bom para você, não significa que vai ser bom para mim. E assunto encerrado, mãe. Me deixa tomar o café.

Na escola, a recepção não foi tão diferente.

— Que foi, Malu?

— Não foi nada, Camila! O que é que deu em todo mundo hoje?

— Você tá com cara de quem chorou. Olha direito pra mim.

— Que chorou o quê!

— Não adianta disfarçar. Conta, Malu! Pode confiar, sou sua amiga.

— Camila, você tá delirando. Eu não tenho nada.

— Delirando? Quem você quer enganar? Não percebe que isso tá te fazendo mal? Por que não divide com alguém?

— Isso o quê, Camila?

— Isso, ué! Você não conta, como é que eu posso saber?

— Já disse que não há nada pra contar. E vamos encerrar esse assunto, tá bom?

A Camila não insistiu. Ela tinha o costume de trancafiar as palavras na boca, mas os olhos sempre continuavam a pedir, numa investigação muda. Esquece, Camila. Não vou romper com esse segredo. Ele é meu.

Se ao menos eu encontrasse o Leo! Quem sabe essa minha angústia terminasse de uma vez? Pudesse pôr uma pedra em cima desse assunto? Conversaria com ele, encontraríamos juntos as explicações para o que nos aconteceu e assim esqueceríamos, viraríamos definitivamente a página dessa história. Porque aí sim, aí sim era ponto final. Como é que eu posso virar essa página com tantos parágrafos faltando, tantos buracos? Ah, eu sei lá. Minha cabeça anda muito confusa.

Nosso professor de Literatura chegou à classe nos contando que a banda para o tão sonhado baile fora contratada. E então a aula transformou-se numa sessão de comentários, palpites e blá-blá-blás.

Foi um dia horrível, até passei mal, pedi dispensa na hora do intervalo. Em casa, minha mãe achou estranho me ver tão cedo, recomeçaram as perguntas, as mesmas conhecidas. Agora tinha isso na cabeça, queria que eu procurasse um psicólogo. E eu estava mesmo procurando alguém, ela nem sabia!

Não fui ao curso de Informática à tarde, achava-me sem a mínima condição, e durante um longo período fiquei trancada em meu quarto lendo, dormindo, vegetando.

Após tomar um banho e comer alguma coisa, entrei na internet. Marcelo estava *on-line*.

— Desculpa por ontem, passei mal, tive que sair...

— Podia ter se despedido.

— Não deu, Marcelo.

— Tudo bem. Olha, tenho uma boa notícia pra você.

— Qual?

— Conversei com a Fabíola hoje, lembra da Fabíola?

— Lembro.

— Então, a Fabíola tem um primo que foi vizinho do Leo, parece até que por bastante tempo. Talvez com ele você tenha mais sorte.

— Puxa, nem acredito! E como é que eu faço pra falar com esse tal primo da Fabíola?

— É Paulo o nome dele. Peguei o número do telefone. Quem sabe ele possa ter sido amigo do Leo e tenha alguma informação.

O VIZINHO

Comecei assim:

— Paulo, meu nome é Malu. Você não me conhece, mas eu estudei com a sua prima, a Fabíola.

— Oi, Malu.

— Precisava de um favor, se você pudesse me ajudar...

— Que favor?

— Você era vizinho do Leo?

— Era, sim. Por quê?

— Você sabe para onde ele se mudou?

— Não faço ideia.

— Puxa… Estou procurando o Leo e a única informação que tenho é que mudou de cidade. Se ao menos soubesse para onde…

— Acha que só o nome do lugar resolve?

— Melhor que nada.

— Não sei como ajudá-la no momento, mas se me der um tempo, posso pensar em alguém…

— Sua mãe? — perguntei no mesmo instante.

— Não, acho que ela não sabe de nada.

— Será? Mas a Fabíola disse que vocês foram vizinhos durante anos, a mãe do Leo não teria deixado o endereço com vocês?

— Estou certo que não, Malu, senão ela teria comentado comigo. Eu me lembro bem daquele dia da mudança. O caminhão estacionou cedinho em frente à casa deles e rapidamente carregaram tudo e se foram. Nem se despediram.

Paulo aguardou um instante, depois continuou:

— Eu soube do que houve na escola.

— Soube…?

— Toda a vizinhança ficou sabendo. O Leo teve um ataque de fúria e…

— Ele não teve um ataque de fúria coisa nenhuma! — interrompi numa braveza sem igual. — É nisso que todos querem pensar, querem acreditar!

— E não foi?

— Mas é claro que não! O Leo estava a ponto de explodir há muito tempo, ele aguentou até onde pôde aguentar, eu sei. Um cara legal, mas que não tem sangue de barata! Qualquer um poderia chegar a esse ponto, qualquer um!

— Nossa… Estou vendo que você é a defensora número um dele.

— Não se trata disso.

— Vocês eram namorados?

— Namorados? Não, claro que não. Ah, você está pensando...

— Não estou pensando nada. Desculpa, falei por falar. Esquece.

Nosso silêncio me fez perceber que a nossa conversa tinha se esgotado.

— Agradeço a sua ajuda, Paulo.

— Mas eu não ajudei em nada.

— Ah... obrigada mesmo assim.

— Deixa seu número, Malu. Se eu souber de alguma coisa eu te ligo.

MEU PASSADO

Acordei mais animada no dia seguinte, apesar da ausência de um mínimo progresso nas investigações. Há passagens em nossas manhãs que são assim mesmo. Abrimos os olhos, as janelas, olhamos o céu, as nuvens, o sol, a chuva e nos sentimos melhor ou pior, feliz ou infeliz. Nem sempre há uma explicação muito lógica para tudo.

Logo nas primeiras aulas, a Camila me falou:

— Tô achando você com um astral muito melhor hoje, Malu!

— Tem razão, Camila.

Retomei meus afazeres, atenta a contas e mais contas, mas a Camila continuou a puxar assunto:

— E aconteceu alguma coisa para isso? Quero dizer, algo em especial?

— Não. Não aconteceu nada.

Depois de uma breve pausa:

— Malu!

Larguei as equações matemáticas e cruzei os braços. Abri um sorriso amigável.

— Fala, Camila!

— Posso te fazer uma pergunta?

— Claro.

— Por que não me contou sobre o que aconteceu na sua formatura do nono ano?

O susto que levei me paralisou. A Camila aproveitou a deixa para continuar pisando em terreno minado:

— Por isso você fica tão estranha quando falamos em formatura. Mas, olha, não é porque aquele garoto…

— Não fale mais nada!

Levantei-me imediatamente, procurei o professor e lhe disse que precisava ir ao banheiro. Queria sair dali o quanto antes, meu passado estava seguro por um fio, frágil e quebradiço fio. O professor que não tentasse me impedir. Fiquei tão transtornada e fora de mim que comecei a me imaginar numa arena repleta de leões famintos afoitos por me destruírem. Eu não importava para ninguém e todos estavam contra mim.

Não se passaram nem cinco minutos, a Camila apareceu no banheiro.

— O que você faz aqui?

— Desculpa, Malu, não quis deixar você mal…

— Mas deixou! Quantas vezes já lhe disse que eu não quero falar sobre isso?

— Ora essa! Nenhuma! Você nunca me contou nada!

— Se eu não contei foi porque eu não queria falar, não deu pra perceber? O que é que você tinha que xeretar a minha vida, me fala?

— Eu não fui xeretar a sua vida!

— Ah, não?

— Não. Foi meio por acaso. Desde o começo do ano eu percebo que você nem liga para a nossa formatura, quer dizer, liga até demais, mas num outro sentido. Não quer nem falar, muda o jeito quando escuta alguma coisa, fica nervosa sem motivo…

— Eu tenho os meus motivos!

— Mas se você ficou tão traumatizada com o que aconteceu…

— Eu não fiquei traumatizada! Você não sabe de nada! De nada!

— Para de gritar comigo, Malu! O que deu em você?

— Me deixa em paz, Camila!

Saí do banheiro, rodei a escola desnorteada e depois fui parar na secretaria.

— Outra vez, Malu? Está acontecendo alguma coisa?

— Não me sinto muito bem.

— Já procurou um médico?

— Já — menti. — Ele disse que é só uma fraqueza, estresse, essas coisas. Vai chegando o final do ano, vou ficando muito cansada. A senhora entende…

— Precisa se cuidar, estamos terminando setembro ainda. Tem chão pela frente.

— Tá bom. Pode me dispensar agora?

— Vou ligar para a sua mãe.

— Ligar pra minha mãe? Não precisa ligar pra minha mãe!

— Claro que precisa. Além do mais, alguém tem de vir buscá-la, pode passar mal na rua, até desmaiar.

— Eu não vou desmaiar, que coisa! Tenho dezessete anos e a minha mãe precisa vir me buscar na escola?

Os olhos da secretária me fitaram com pouco-caso.

— Tá bom, liga pra ela. Vou arrumar o meu material.

Entrei na classe, avisei o professor sobre a dispensa e fui até a minha carteira. Não encarei a Camila, ninguém, fui arrumando o material mecanicamente, enfiando tudo na bolsa sem muito cuidado. Eu tinha pressa.

— O que você tá fazendo? — ela quis saber.

Achei desnecessária a pergunta, a Camila não era cega nem nada, mas ainda assim lhe respondi:

— Pedi dispensa. Vou embora.

Ao chegar, minha mãe quis saber o que estava acontecendo.

— Foi só uma tontura, um pouco de dor de cabeça, sei que passa logo, quero apenas ficar quieta no meu canto, mais nada.

— Nós precisamos conversar, Malu.

— Mãe, não quero conversar. Quero descansar. Só isso. Dá pra entender?

UMA PISTA

No dia seguinte, a Camila me procurou, prometeu não tocar mais naquele assunto se essa fosse a minha vontade. Contou que a descoberta ocorrera mesmo por acaso, uma das pessoas da comissão de formatura era amiga de alguém da minha ex-turma. Fiquei pior, sentindo-me culpada, de repente eu não me conhecia mais, minhas atitudes pareciam desconexas.

Acordei no sábado de manhã com a minha mãe entrando no quarto.

— Telefone para você. Vai atender ou peço para ele ligar mais tarde?

— Ele? — perguntei meio sonolenta, os olhos semicerrados.

— Um tal de Paulo.

— Paulo? — sentei-me na cama, num pulo. — Pode deixar, eu atendo.

Peguei o telefone, uma voz cheia de energia veio me tirar do sono:

— Oi, Malu! Acordei você?

— Não, imagine, eu já ia mesmo me levantar.

— Tenho novidades.

— Sobre o Leo? — indaguei, mas no instante seguinte senti-me uma tola por ter-lhe perguntado o que me parecia óbvio.

— Exatamente.

— Então, conta logo!

— Conversei com a minha mãe. Ela realmente não sabe de nada, mas pedi que tentasse se lembrar se a família do Leo não chegou a comentar sobre algum amigo, um parente, sei lá. Demorou um pouco, mas ela acabou me procurando ontem à noite.

— E...

— Ela se lembrou que a mãe do Leo tem, ou pelo menos tinha, um irmão morando em Iracemápolis, interior aqui de São Paulo. Eles podem ter ido para lá.

— Podem?

— Malu, eu acredito que há uma grande chance disso ter acontecido, sim.

— É que eu pensei que você tivesse alguma notícia concreta...

— Quer apostar comigo que eles se mudaram para Iracemápolis?

— E por que você acha isso?

— Para onde eles iriam, levando em consideração o modo como se mudaram? A menos que tenham algum parente ou amigos em outro lugar. É mais fácil a pessoa mudar de cidade, começar uma nova vida, se já tem algum conhecido. Estudamos esses deslocamentos na faculdade, são mais comuns do que você imagina.

— Faculdade?

— Faço Turismo. Estou no segundo ano.

— Puxa, que legal! Vou prestar vestibular no fim do ano, mas ainda não consegui resolver para qual curso.

— E não tem nenhuma ideia ainda?

— Tenho. Gosto muito de escrever, sabe? Por isso pensei em Jornalismo. E também em História ou Sociologia.

— Antes de entrar em Turismo, prestei vestibular para Geografia.

— Verdade?

— Sim. Mas acabei optando por Turismo, tem mais a ver comigo, com o meu jeito. Não gosto muito de escrever como você, mas adoro falar, estar no meio das pessoas. Não me veria nunca trabalhando fechado num escritório ou então sozinho, fazendo pesquisas. Por isso, Malu, fica fria que essas indecisões são absolutamente normais.

— Tudo bem, mas logo chegam as inscrições e eu preciso me decidir. É que a minha cabeça anda tão...

Interrompi a frase de repente, achei que não devia ficar falando da minha vida pessoal com uma pessoa que nem conhecia. Mas o engraçado é que me senti à vontade para isso, não era estranho? Pelo visto, não só a minha cabeça andava confusa, mas os sentimentos também estavam bastante contraditórios.

Voltei ao assunto, antes que o Paulo me perguntasse alguma coisa.

— Você acha mesmo que o Leo pode estar em Iracemápolis?

— Acho.

— É tudo tão vago ainda...

— Quando me ligou, você disse que saber o nome da cidade já era alguma coisa.

Percebi minha falta de tato.

— Paulo, me desculpe. Você me ajudou muito, sim. É que eu ando bastante desanimada, com vontade de desistir.

— Desistir agora que já sabemos o nome da cidade?

— Mas nós não sabemos! É apenas uma suposição.

— Podemos investigar. Por exemplo, se conseguirmos o sobrenome da mãe do Leo, e isso alguém aqui da redondeza deve saber, encontramos o irmão. Para que serve lista telefônica, internet? Além disso, também podemos procurar pelo sobrenome do pai dele.

Foi mais ou menos a essa altura do nosso diálogo que me dei conta de como o Paulo conjugava os verbos. Sabemos, podemos, conseguirmos, encontramos... tudo no plural. E na primeira pessoa. Nós. Eu e ele.

Paulo rematou a conversa:

— Vou descobrir e quando souber de alguma coisa eu te ligo, tá bom?

SOBRENOME

Passaram-se alguns dias antes que Paulo me retornasse.

— Oliveira? — falei. — Deve haver milhões de Oliveiras na lista telefônica.

— Assim mesmo, Malu, vou tentar pelo Auxílio à Lista. Não encontrei o nome do pai dele, a gente não sabe o nome desse tio mas, quem sabe.

Fiquei um instante pensativa, depois disse:

— Posso checar os Oliveiras em um site de relacionamento da internet, talvez eu encontre alguém de Iracemápolis...

— Ótima ideia.

— Paulo...

— Fala.

— Posso perguntar uma coisa?

— Claro!

— Por que você tá me ajudando?

— Sei lá. Acho que fui com a sua cara.

— Você nunca viu a minha cara!

— Ah... Isso é uma coisa que a gente precisa resolver logo.

Assim que desliguei o telefone, falei com a Carol a respeito da minha conversa com o Paulo. Apesar de concordarmos que a internet é um ótimo meio de resgatar antigos conhecidos, tinha minhas dúvidas se isso também se aplicaria ao Leo.

— Já reencontrei tanta gente com quem estudei no ensino fundamental, Malu.

— Eu também, Carol, mas acontece que o Leo não era muito ligado em internet. Aliás, não tinha nem computador na época.

— Você esquece que já se passaram três anos? Muita coisa pode ter mudado.

— É, muita coisa.

— Então? Eu te ajudo. Quem encontrar primeiro avisa.

— Combinado.

Entrei no site de relacionamento e digitei Oliveira. Nossa! Uma quantidade enorme, como eu desconfiava. Pesquisei durante algum tempo, rolei página por página, li nome por nome, depois desisti. Já estava ficando tarde, e eu, exausta.

Durante o intervalo da manhã seguinte, enquanto eu e a Camila andávamos pelo pátio, contei-lhe:

— Conheci uma pessoa.

Camila tomou um gole de refrigerante antes de me perguntar:

— Ah, é? E conheceu onde? Ah! Já sei, nem precisa me dizer. Só pode ter sido pela internet. Quando você não tá estudando, tá conectada nela!

Balancei a cabeça.

— Errou. Foi pelo telefone.

— Hã?!

— É, pelo telefone.

— E como é que foi? Ele procurava na lista telefônica uma garota para conhecer, encontrou o seu número, oi, como é seu nome, sabia que eu estava procurando alguém assim como você?

— Engraçadinha… — nós duas rimos. Depois, fiquei séria.

— Camila, nós estamos procurando o Leo.

— Leo?

— Aquele garoto, você sabe, da formatura. Eu cismei de querer encontrá-lo, conversar com ele, saber como está.

— E pra quê? Você tinha alguma coisa com ele?

— Não, Camila, claro que não. Sabe que o Paulo também me perguntou isso?

— Paulo. O tal do telefone.

— É. Conheci por acaso, por causa de uma pessoa dessa minha antiga classe.

— E ele sabe do paradeiro do seu amigo?

— Do paradeiro mesmo, não. Mas temos algumas pistas. O Paulo acha que a família deve ter se mudado para Iracemápolis, cidade onde mora um tio do Leo.

— E o que você sabe a respeito desse Paulo?

— Nada. Não é ele quem me interessa, é o Leo.

— Não sei, não… Quando me disse "conheci uma pessoa"…

— Você entendeu mal. Ele só está me ajudando.

— Ah…

— Nem conheço o Paulo pessoalmente.

— Ah…

— Quer parar de me olhar com essa cara, Camila!

— Cara do quê?

— De cínica.

SITE DE RELACIONAMENTO

Antes de recomeçar a procura pelos Oliveiras, chequei os meus recados. Eram quase todos das mesmas pessoas de sempre. Inclusive havia um da Carol dizendo que, por enquanto, nada de Leo.

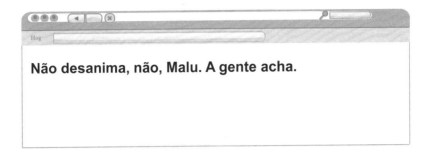

Não desanima, não, Malu. A gente acha.

Mas havia outro:

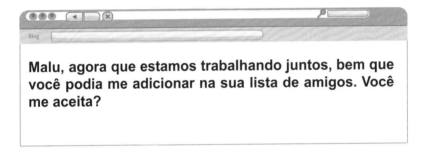

Malu, agora que estamos trabalhando juntos, bem que você podia me adicionar na sua lista de amigos. Você me aceita?

Era a primeira vez que eu via uma fotografia do Paulo. Não vou negar que ele me agradou. Moreno, olhos castanhos, cabelos crespos e um pouco compridos, e por isso mesmo o que mais chamava a atenção. Uma *puxa* cabeleira, eu diria, o rosto até ficava pequeno. O que ele teria achado ao ver a minha foto? Bonita... feia... comum?

Claro que eu aceito, Paulo. Você já é meu amigo.

Várias páginas, diversos Oliveiras. São Paulo, Rio de Janeiro, Vitória, Maceió, Campinas... a lista parecia interminável.

Já fazia um tempo enorme que eu estava ali, procurando. Minha mãe viu a luz acesa por debaixo da porta, deu uma batidinha, não vai dormir, não, Malu? Nem dei bola, continuei rolando as páginas, dali a pouco eu pararia, já estava mesmo brigando com o sono, continuaria amanhã, depois de amanhã... Sei lá.

Foi quando Iracemápolis surgiu na minha frente. Puxa! Meus olhos ficaram muito bem acordados. Jane Chrístofer de Oliveira, 18 anos, solteira.

Imediatamente, entrei, deixando um recado:

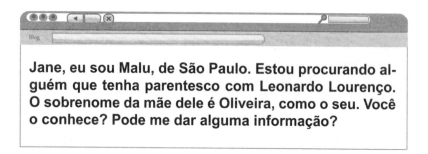

Jane, eu sou Malu, de São Paulo. Estou procurando alguém que tenha parentesco com Leonardo Lourenço. O sobrenome da mãe dele é Oliveira, como o seu. Você o conhece? Pode me dar alguma informação?

A resposta não veio de imediato, tive de conter a ansiedade até a tarde seguinte, quando um recado da Jane pedia meu contato na internet para conversarmos.

Foi então que pude falar melhor sobre o Leo, descrevi suas características e mais alguns poucos detalhes que eu conhecia e que talvez ajudassem na identificação.

— Parece ser meu primo, sim — ela deduziu. — Eu e o Leonardo nunca fomos muito ligados, ele sempre morou aí em São Paulo e por isso mesmo dificilmente a gente se via. Mesmo agora vejo pouco. Ele se mudou pra cá faz uns dois, três anos.

— Foi a época que saiu daqui! Tenho certeza de que estamos falando da mesma pessoa. Certeza!

— Quer que eu lhe dê o número do telefone, endereço... o contato dele na internet não adianta pedir que eu não tenho. Aí, você mesma confere.

Nossa. Era tudo o que eu mais queria.

— Jane, nem sabe como está me ajudando.

AGORA, SIM

— Alô!

— Quem fala?

— Sandra.

— Dona Sandra, quem está falando aqui é a Maria Lúcia. Eu gostaria de falar com o Leo.

— Ele está trabalhando.

— Ah... E a que horas eu posso encontrá-lo em casa? Final da tarde, à noite?

— À noite ele está na escola. Você não estuda com ele pelo jeito.

— Não. Nem sou aí de Iracemápolis. Estou falando de São Paulo.

— São Paulo?

— É, sou uma amiga dele, estudamos juntos até o nono ano e...

Um ruído na linha. Só podia ter caído a ligação. Tentei de novo.

— Alô!

— Dona Sandra, acho que caiu...

— Olha aqui, menina. Escute bem o que eu vou dizer. Não quero que ligue mais para cá.

— Como?

— É isso mesmo o que ouviu. O Leo não vai falar com você nem com ninguém daquela escola. Pode esquecer, entendeu?

— Mas por quê? Eu era amiga dele!

— O Leo não tinha amigos. Não sei como conseguiu nosso telefone, mas adianto que não vou passar nenhuma ligação sua para ele. Nem sua nem de ninguém daquele lugar! Você me ouviu?

— Mas eu só queria saber como ele está!

— Muito bem, obrigada.

E novamente um barulhão. Dessa vez, sabia que a ligação não tinha caído.

— Que mulher ignorante! Quem ela pensa que eu sou?

Repeti essa frase para a Camila mais tarde, quando passei na casa dela depois do curso de pintura.

— Que coisa, Malu! Ela nem deixou você falar?

— Não. É o que estou dizendo, bateu o telefone na minha cara. E duas vezes!

— Nossa! Acho que ela quer mesmo distância de todos vocês.

— Mas eu não fiz nada, ela mal me deixou explicar! Eu também sofria tanta coisa, ela nem sabe, não era só ele!

— Você?

— Ah, Camila! — baixei os olhos, meio sem coragem de encará-la. — Passei por tanta coisa... você não imagina.

— E o que o Leo tem a ver com isso?

— É uma história longa. Pensei que eu já tivesse me livrado de tudo, pensei que as coisas finalmente tinham se ajeitado, mas acho que elas apenas ficaram escondidas, camufladas talvez fosse a palavra. Fiz tanto nesses anos, desviei meus pensamentos o quanto pude, me envolvi com os estudos, com os cursos... Eu sofri muito, você não faz ideia, por causa de umas meninas que me atormentavam, me perseguiam.

— Nunca imaginei que tivesse passado por algum problema sério, Malu.

— Por que voltou, Camila? Por que não esqueço? Por que fico agora remoendo, sofrendo tudo de novo?

Não consegui segurar o choro, a Camila me abraçou, me pediu calma, disse que tudo ia passar, que eu confiasse. Ela não entendia direito como o Leo poderia me ajudar, o que ele pode fazer, Malu?, foi o que me perguntou. Eu respondi que só ele poderia ter a resposta para o que eu procurava, só ele, porque ninguém mais nesse mundo conseguiria compreender o que passamos.

— Por que não escreve pra ele, então? — ela me sugeriu. — Você disse que tem o endereço.

— E se a mãe dele sumir com a carta?

— Será que ela teria coragem?

— Não sei. Estou muito confusa.

— Tenta. Não custa nada.

À noite, liguei para o Paulo relatando o meu insucesso.

— Quer que eu telefone, Malu?

— Acho que vou enviar uma carta. A Camila pensa que eu devo.

— Você é quem sabe. Se quiser que eu ligue, é só me pedir.

— Não me leve a mal, Paulo, mas eu mesma gostaria de falar com ele…

— Malu, tem certeza mesmo de que o Leo não era seu namorado?

— Não, eu já disse! Que coisa!

— Sai comigo, então?

— O quê?

— Sai comigo.

— Sair com você?!

— É. A menos que tenha compromisso com alguém.

— Não… Eu não tenho.

— E aí?

— Quando?

— Agora.

— Agora?! Você tá maluco, Paulo?

— Por quê? É cedo ainda.

— Ah... não sei... preciso pensar...

— Pensar se quer me ver? A gente já se fala há um tempão pelo telefone! Ando meio cansado disso, Malu. Vamos conversar pessoalmente. Nem que seja pra falar do Leo se não tivermos outro assunto melhor e mais interessante... — malicioso, deixou a frase no ar.

— Seu bobo! — eu ri.

— Como é? Posso ir até a sua casa?

ENCONTRO

— Você é muito mais bonita pessoalmente.

Eu mal chegara ao portão e o Paulo já me dizia isso. Quando me aproximei mais, falei:

— Conheço esses clichês, Paulo. São antiquíssimos.

— E como é que eu poderia falar, de outra forma, que achei você mais bonita agora, ao vivo, do que naquela sua foto do site?

— Bom, primeiro preciso saber se você realmente achou isso.

— E por que pensa que eu estaria mentindo?

— Não sei... Frases feitas, como já disse.

— Não falo frases feitas. Quer dizer, posso até falar, mas sou sincero quando digo alguma coisa. Não pareço sincero?

Parecia, sim. E fiquei sem graça pelo modo como me olhou. Olhos dentro dos meus. Tenho uma certa dificuldade em relação a isso, entra sempre um frio junto, fico sem graça, fico vermelha, fico meio amolecida e de repente sem chão.

— Que foi? — Paulo perguntou. — Parece distante.

Balancei a cabeça, um gesto que não queria dizer absolutamente nada, porque não havia o que responder.

— Vai mesmo escrever uma carta?

— Vou, sim — respondi. — Não acha uma boa ideia?

— Acho — ele deu uma pausa, depois perguntou: — Nosso trabalho de detetives amadores acaba por aqui então?

— Acaba? Paulo, a sensação que eu tenho é de que não avancei um passo sequer até o momento!

— Que bobagem, Malu! É claro que avançou.

— Não consegui falar com o Leo, a mãe dele não deixou e nem vai deixar pelo jeito.

— E o que você quer fazer, então? Desistir?

— Não! Quer dizer, acho que não.

— Você acha?

— Eu não sei mais. Tudo me parece tão confuso… Ando tão cansada…

Cheguei a fechar os olhos por um instante muito curto, precisava pensar, entender… Paulo chegou perto de mim e colocou uma das mãos em meu rosto. Fez um carinho enquanto falava devagar, a voz terna:

— Eu ajudo você.

Dei um suspiro fundo, escutei o que diziam seus olhos, palavras não fazem sentido em alguns momentos, só a emoção. Por que não deixá-la vir? Se permito, enfraqueço? Mas é gostoso ouvir "eu ajudo você", sentir o carinho da voz e do corpo que se arrepia num susto. Deixasse vir. Deixasse vir, eu pensava.

— É tão bonita, Malu — disse-me outra vez. — Não combina com você essa carinha de choro.

Não falei nada.

— Quer me contar o que aconteceu? O que é que tá te angustiando?

Balancei a cabeça.

— Acho que agora não. Você tem sido um bom amigo, mas…

— Não tem problema. A gente deixa essa conversa para depois, pra quando tiver vontade.

Então, Paulo me abraçou, minha face deitou-se em seu ombro, sua cabeça encostou-se na minha e, de repente, eu me vi no quadro "O beijo", de Klimt. Os corpos misturados entre flores e retângulos verticais, a emoção escorrendo para além da tela, num rio em correnteza.

CARTAS

Uma, duas, três cartas. Já passara tempo suficiente para eu perceber que não teria resposta. Restava-me agora seguir a sugestão do Paulo, ele próprio telefonar e pedir ao Leo que entrasse em contato comigo.

Mas o meu amigo já chegou em casa me prevenindo:

— Infelizmente, não trago boas notícias, Malu.

— Não acredito! Deu errado o nosso plano?

Ele confirmou, tão decepcionado quanto eu. Sentei-me na calçada, Paulo também. Fiquei um tempo olhando para cima, um céu escuro carregado de estrelas.

— Aquela mulher é fogo, Malu! Ela está mesmo disposta a afastar o Leo de qualquer pessoa daqui.

— Mas como foi que ela descobriu?

— Fiz perfeitamente o que combinamos. Eu sou o Paulo, dona Sandra, lembra de mim? Como vai, blá-blá-blá, minha mãe manda lembranças e mais blá-blá-blá. Estava tudo tranquilo até que eu perguntei do Leo.

— Ela bateu o telefone na sua cara também?

— Quase. Foi me interrogando, o que é que você está querendo com o meu filho, vocês mal se falavam... Fui inventando umas coisas, nem lembro mais, um monte de abobrinhas. Desculpa, Malu, acho que me enrolei, ela percebeu.

80

— Não tem que se desculpar, Paulo. Ela é quem tá com a pulga atrás da orelha. A gente não vai conseguir enganá-la.

— Por que será que ela quer tanto afastar todo mundo, Malu?

Olhei bem para ele. Havia um ponto de interrogação na sua testa, uma certa inocência misturada à pergunta. Paulo sabia parte da história, como ele próprio já me dissera, a rua inteira acreditando, o Leo teve um ataque de fúria... Lembro bem dessa nossa primeira conversa.

— Aconteceram muitas coisas com o Leo, acho que você não sabe.

— Pra falar a verdade, não sei mesmo.

— O Leo era perseguido pelos meninos da classe, eu presenciei tudo porque... Bom, na verdade ele era importunado havia bastante tempo. Anos. Um amigo me contou que ele vinha sofrendo esses abusos desde bem pequeno. Analisando friamente, acho que até entendo a mãe dele, o fato de não querer que ninguém do passado se aproxime do filho. Não a condeno. Todos devem ter sofrido muito.

Dei uma pausa como se o capítulo dessa história recomeçasse na página seguinte.

— Poderia ter acontecido uma tragédia. Lembro do meu pai falando na saída do salão: "se tivesse uma arma atirava!", lembro disso e acho que ele estava certo.

— Você acredita que o Leo tenha premeditado tudo?

— Não sei. Mas que ele estava diferente no final do ano, estava. Principalmente pouco antes da formatura, quando houve um jogo de futebol. Ele foi humilhado, machucado e perseguido durante todo aquele dia, enfim, os meninos não o deixaram em paz. Depois disso ele ficou frio, distante, ainda mais fechado do que já era.

— E você quer falar com o Leo para saber se agora está bem? Se já superou tudo isso?

Paulo me pegou de surpresa, uma resposta nem sempre é fácil. Mas, claro, não se tratava unicamente disso, toda a minha intenção desde o começo dizia mais respeito a mim mesma. Não que fosse egoísta ou algo parecido, tento me explicar e mais confusa vou ficando, eu queria, sim, saber como estava o Leo. Não só.

— Tem mais coisa, Paulo.

— Mais coisa?

— Tenho esperança de um dia entender tudo o que aconteceu.

BOA DESCULPA

— Malu! Que coisa mais doida, menina!

— Doida por quê, Carol?

— Esquece esse negócio de procurar o Leo!

— Não esqueço mesmo! Agora que estou tão perto! Fiquei meio derrubada com essa história da dona Sandra, mas agora já passou. Não vou desistir. Já decidi.

— Você é quem sabe. E o que é que o Paulo tá achando disso? Não tá com ciúme, não?

— Carol!

— Tá bom, tá bom. Mas, e a sua mãe?

— É só isso o que está faltando, só isso. Torça por mim, prima. Depois conto tudo.

— Tô torcendo, Malu... Como sempre.

Saí da internet e fui falar com a minha mãe. Tinha uma vaga ideia de que a conversa não seria lá muito fácil.

— Explica direito essa história, Malu. Não estou gostando nada disso. Se não arrumar um motivo muito convincente...

— Mãe, eu já não falei?

— Nunca soube do seu interesse por Turismo. Aliás, o que isso tem a ver com Jornalismo?

— Tudo a ver!

— Ah, é?

— Por acaso não posso fazer uma reportagem, escrever sobre isso? Além do mais, vai ser legal acompanhar o Paulo num trabalho de campo. Você o conhece, ele está sempre aqui em casa, qual o problema?

Silêncio. Uma ruga na testa da minha mãe.

— Iracemápolis, é?

— É, mãe.

— Turismo em Iracemápolis.

— É, mãe! Hoje em dia é possível fazer turismo em qualquer cidade. Cada uma é que tem que estudar e explorar o seu potencial. São Paulo tem o seu, Iracemápolis também. Qualquer cidade. Entendeu?

— Hmm...

— Deixa, mãe! Vou perder aula somente um dia, você sabe que eu nunca falto. Além do mais, já estamos no final, praticamente daqui a um mês as aulas terminam. Olha, nós tomamos o ônibus de manhã bem cedinho, o Paulo visita onde ele tem de visitar e no final da tarde estamos de volta. Deixa?

— Tá bom, tá bom...

— Maravilha!

Agarrei o pescoço da minha mãe, dando um beijo estalado em seu rosto.

VIAGEM

Iracemápolis não era muito perto mas, para mim, isso era apenas um detalhe sem importância. Sentia-me numa situação de tudo ou nada, vai ou racha, coisas desse tipo, porque talvez essa fosse a minha última chance.

Consegui o endereço do emprego do Leo com a Jane, descobri que ele trabalhava com o pai na mercearia da família. Achei mais prudente aparecer lá, não na casa dele.

— Quer dizer então que vai escrever sobre Turismo em Iracemápolis? — nesse momento Paulo esticou os braços e as mãos enquadraram uma manchete invisível: — "Descubra o potencial de sua cidade".

— Seu bobo — dei um tapinha em seu braço. — Eu tinha de falar alguma coisa para a minha mãe, né? Então, eu me baseei no que ouço você falar. Estou errada?

— Não. Está certíssima, minha cara. Falando sério agora, Malu. Acho que você vai se sair muito bem como jornalista.

— Mesmo?

— Claro. Penso que foi uma decisão acertada.

— E por quê?

— Por tudo o que me conta, de como sempre gostou de estudar, escrever... Aposto que tira dez em tudo! O contrário de mim, que sou um aluno regular.

— Acha isso um defeito?

— O quê? Ser um aluno regular?

— Não. Tirar dez em tudo.

— Defeito? Tá brincando, né?

Balancei a cabeça. Claro que não estava.

— Olha, deve ser bom pra caramba tirar dez em tudo. Quem me dera!

— Não é.

— Malu, o sol está te fazendo mal, minha querida — e veio colocando a mão sobre a minha testa, como se averiguasse a minha temperatura. — Melhor sair da janela. Quer trocar de lugar comigo?

Tirei a mão dele, encarei-o com firmeza.

— É sério!

Paulo desfez o tom de brincadeira e me olhou como quem aguarda algo que tornasse compreensível, ou pelo menos um pouco mais compreensível, aquela conversa toda.

Fez uma pergunta:

— Muita pressão, Malu? É isso? Seus pais...

— Não, nada a ver com meus pais. Era coisa minha mesmo. Para falar a verdade, nunca tive dificuldades, nunca foi complicado. Além disso, eu sempre gostei de estudar, sentia prazer em tirar notas altas.

— Então, por que a pergunta?

— Porque isso começou a me incomodar, parecia defeito, o pessoal tirando sarro...

— Chamando você de cê-dê-efe?

Arregalei os olhos, o espanto na boca:

— Como sabe?

— Malu! Tá na cara! Só pelo que falou, essa coisa de tirar sarro... Você acha que isso aconteceu só na sua classe? Só com você?

Desviei o olhar, baixando a cabeça.

— Eles passaram da conta. Não tem noção do quanto eu sofri.

Paulo ergueu meu rosto, tocando meu queixo e fazendo carinho.

— Esquece isso, Malu, já passou.

Fiquei em silêncio. Ele continuou:

— Sabe, Malu, na minha escola foi assim também. Comigo, por exemplo. Às vezes me chamavam de vareta por eu ser magrelo desse jeito, mas nunca liguei. Sério, não dei bola.

— Eu sei que para algumas pessoas isso talvez seja algo sem tanta importância, Paulo. Seja encarado como uma brincadeirinha qualquer. Uma vez o Marcelo me falou que o Leo não ligava de ser chamado de Gordo. Quem disse? Eu odiava que me chamassem de cê-dê-efe, e nunca, nunca ninguém me perguntou se isso me chateava ou não. Chegava a ter vergonha de tirar notas altas. Cada vez que me chamavam assim, ou então falavam do meu cabelo, eu me sentia pior e pior.

Paulo fez uma cara de quem tinha se arrependido do comentário.

— Desculpa, você tá certa. Eu não tenho nada que ficar comparando, não estava na sua pele ou na do Leo. Cada pessoa é uma pessoa. Cada uma tem um sentimento diferente; o que para mim foi normal, para outras pode não ter sido. Em tudo na vida é assim, não acha, Malu? Somos diferentes.

Somos diferentes. Era simples, simples demais até, mas talvez aí residisse parte da explicação: as pessoas não aceitavam as diferenças, o que não é igual a mim não merece ser respeitado.

Talvez fosse isso. Somos diferentes.

LEONARDO

— Eu fico por aqui — Paulo me avisou.

Atravessávamos uma pracinha, a mercearia localizada em frente.

— Estou insegura.

— Mas por quê, Malu? Acha que o Leo vai expulsar você? Se isso acontecer, pode vir correndo que estarei bem aqui! — e me fez uma gracinha, provocando-me o riso.

Andei mais um pouco até chegar à calçada, ainda do mesmo lado da rua, sem atravessar. Parei. Examinei à distância, queria descobrir se o Leo estava lá dentro. Alguns fregueses faziam compras, um senhor trabalhava no caixa, este devia ser o pai. Continuei a observar e logo vi o Leo levando um caixote de mercadorias até uma das prateleiras.

Atravessei a rua, fui ficando gelada conforme me aproximava. Mãos trêmulas, pés frios, suor na testa. Que loucura, meu Deus, que loucura! Comecei a pensar no que é que eu estava fazendo naquele lugar, julgava-me uma completa invasora, ninguém me queria ali, por que a teimosia, a gana de chegar ao Leo, nem éramos íntimos! Como é que alguém se abala de uma cidade a outra atrás de uma pessoa que não vê há anos? Pode nem ser reconhecida, pode levar a maior esculhambação, pode... Chega. De quantas desculpas mais eu precisaria para dar meia-volta, pôr os meus lindos pezinhos na praça e dizer ao meu amigo: vamos embora, Paulo, não sei o que estou fazendo aqui. Quantas? Já tinha o suficiente se a intenção fosse essa. Podia parar por aí.

Respirei fundo e entrei na mercearia.

— Leonardo?

— Pois, não?

Tive a impressão de não ser reconhecida.

— Leo, será que estou tão diferente assim?

Ele franziu as sobrancelhas, mais estranhando a minha presença do que meu rosto.

— Malu?

Sorri, aliviada.

— Puxa! O que é que você tá fazendo aqui, menina?

— Queria conversar com você.

O pai do Leo me olhava com cara de poucos amigos. Naturalmente, perguntava-se quem seria a garota que viera atrapalhar o serviço do filho.

— Pai, esta aqui é a Malu, uma amiga.

Ele esfregou a mão no queixo, um jeito de desconfiado.

Convidei baixinho:

— Não quer ir até a praça um instante?

O Leo balançou a cabeça e comunicou ao pai:

— Já volto.

— E vai aonde? — o homem quis saber.

— Ali na pracinha. Não demoro.

Paulo já encontrara uma banca de revistas e àquela altura lia o jornal. Paulo era incrível, para ele não havia tempo ruim.

Eu e o Leo nos sentamos num banco um pouco afastado. Mal conseguia acreditar que estava diante dele depois de tantas e tantas buscas!

— Mas me conta, Malu — perguntou-me, intrigado —, o que veio fazer aqui em Iracemápolis?

— Já disse. Falar com você.

— Aconteceu alguma coisa grave?

— Aconteceu — respondi. — Eu estou entalada com a nossa história faz tempo!

Ele fez a maior cara de incompreensão. Foi até engraçado.

— Eu... e você?

— É. Mas eu não expliquei direito. É que estou nervosa, faz meses que o procuro... Conheci a Jane, sua prima.

— Ah, é? Nossa! Eu que sou da mesma cidade que ela...

— Foi um longo trabalho de pesquisa. Começou pelo site de relacionamento, depois nos falamos pelo programa de bate-papo... Olha, a história é bem comprida. Melhor pularmos essa parte.

— E para qual parte nós vamos, então?

— Para esta.

Abri a minha mochila e tirei um caderno. Não era bem um caderno, era uma espécie de diário. Foi lá que escrevi tudo o que aconteceu naquele ano.

DIÁRIO

— O que é isso?

— Meu diário. Toma, quero que leia.

— Você quer que eu leia o seu diário? Eu entendi bem?

— Entendeu.

— Que coisa mais maluca! Como é que eu posso ler um diário inteiro, assim, numa praça?

— Não é inteiro. Eu só escrevi aqui sobre aquele ano...

O Leo nem me deixou terminar e se levantou. Fiz o mesmo.

— Leo, por favor, não vai embora! Eu preciso de você para me ajudar!

— Ajudar em quê?

— Preciso entender o que aconteceu!

— Comigo?

— Não, comigo! Com nós dois!

— Pra mim, esse assunto morreu.

Peguei no braço dele, falei com mais calma:

— Por favor, Leo. Senta um pouco. É muito importante.

Ele ficou pensativo, moveu os olhos para outro canto qualquer que não fosse direto para mim. Depois de um tempo, voltou-se:

— Tá bom, Malu.

Leo pegou o diário, foi folheando, lendo, não tudo, as pontas dos dedos viravam as páginas no mais absoluto silêncio, e eu também muito quieta, só na espera, uma espera aflitiva, cheia de angústias e interrogações.

Eu percebia uma demora a mais em alguns trechos, percebia a sua respiração, que às vezes ressonava diferente, entrecortada por um suspiro ou pelo barulho do ar, solto de uma vez só.

Após um tempo, não sei precisar quanto, ele virou-se para mim. Mas quem falou primeiro não foi ele. Fui eu:

— Eu sabia o que faziam com você e sofria pelo que faziam comigo. Sofria por nós dois. Achava uma injustiça, um descaso, um crime, acho ainda. Sabe, fico direto na internet, leio coisas. Já vi muito preconceito estampado, pessoas inventando jeito de humilhar, propagar a intolerância. Fico louca com isso. Indignada! Mais de uma vez deixei recados protestando, mandando a pessoa se tratar ou então dizendo que acabaria presa, preconceito é crime se ela não sabe. Até entrei numa comunidade *antibullying* na internet.

— E o que você quer que eu lhe diga, Malu? Que foi tudo horrível, que eu estava no meu limite, que eu queria acabar com todo mundo? Eram todos cúmplices, todos se calaram! Você já sabe disso! Eu não preciso dizer mais nada — e me passou o diário, como se a conversa tivesse morrido ali ou então como se nada mais restasse a dizer um ao outro.

Tornamos a ficar em silêncio.

— Nunca consegui entender por que faziam aquilo — recomecei. — Passei o ano me perguntando e não encontrei resposta alguma. Nem mesmo depois, nem mesmo agora. O que fizemos para eles, o que tinha de tão errado com nós dois, por que fomos escolhidos para sofrer? Tripudiavam da gente sem dó. Os outros se calavam ou então riam, entrando naquele jogo.

— Não fazia ideia de que tinha sido tão difícil pra você também.

— Foi. Por que não contamos nada, Leo? Não denunciamos?

— Ah, Malu... Tinha medo de que ficasse pior.

— Pior do que já estava? Sei! Mas eu falo isso agora porque naquela época... Também morria de medo, Leo. Morria. — Depois de uma pausa, continuei: — A Jane me disse que você parou de estudar quando chegou aqui, é verdade?

Ele fez que sim.

— Estava muito transtornado, tinha pavor de enfrentar a escola outra vez. Era impossível. Aquele ano seguinte foi uma tortura, tinha pesadelos, não conseguia ter paz em lugar nenhum.

— Nossa...

— Minha mãe me levou a uma psicóloga, comecei a fazer terapia. Logo depois parei, não me sentia bem fazendo nada. Antes disso, a psicóloga falou aos meus pais que seria bom que eu me envolvesse em alguma atividade que me desse prazer, em que eu me sentisse útil. Foi então que comecei a trabalhar. O trabalho me ajudou muito, gosto do que faço, as pessoas me respeitam. No ano passado voltei à escola e à terapia. A terapia está sendo um bom caminho para mim. Hoje começo a ver o meu valor, coisa que não via antes.

— Também não me via pelos meus próprios olhos. Enxergava o que aquelas meninas enxergavam. Ou o que queriam enxergar.

— E agora? Consegue?

— É… — dei um sorriso afável, fiz um gesto com a mão que significava mais ou menos. — Seus pais sabiam de alguma coisa?

— Não. Eu escondia tudo. No fundo, acho que morria de vergonha, isso, sim, aquela coisa de ter de pedir para os pais resolverem um problema que é nosso.

— Os meus também nunca souberam de nada.

— Eles me disseram que eu deveria ter contado, que iam me ajudar.

Fiz um sinal com a cabeça afirmativamente.

— Você se lembra da Rita? — Leo perguntou.

— A professora de Matemática?

— Isso. Uma vez ela conversou comigo, perguntou se eu estava bem, andava me achando muito calado. Eu estava mesmo, só que eu sempre fui quieto, achava difícil alguém notar alguma diferença. Foi logo depois daquela vez que o celular da Bianca sumiu. Acho que ela começou a prestar mais atenção em mim, não sei.

— E o que você disse?

— Menti. Disse que estava tudo bem. Aí ela pediu para que eu a procurasse caso acontecesse qualquer coisa errada.

— E por que você não se abriu, já que ela parecia querer ajudar?

— Por acaso você se abriu com alguém?

— Tá certo. Só que agora eu acho que a gente devia fazer alguma coisa.

— Agora? — Leo estranhou. — Fazer o quê?

— Leo, nós não fomos os primeiros e nem os últimos a ser perseguidos na escola. Já imaginou quantas pessoas passaram e ainda passam pela mesma situação que nós?

— Pode ser.

— Pode ser, não. É! A gente lê as reportagens, o que acontece no Brasil, fora do Brasil, tudo isso é muito sério — dei uma pausa.

— Leo, poderia ter acontecido uma tragédia.

— Não quero falar disso, Malu!

O Leo foi se levantando, tinha ficado nervoso de repente. Puxei-o pelo braço.

— Desculpa. Não falo mais. Só queria dizer que, sei lá, alguma coisa precisa ser feita. Como eu já contei, entrei numa comunidade *antibullying*. Mas me parece tão pouco! Não estou ajudando ninguém assim. E eu queria ajudar.

— Malu, nesse momento não tenho a mínima condição...

— Eu sei, Leo, eu sei. Nem vim aqui para isso, aliás, para dizer a verdade, só agora essa ideia me passou pela cabeça. Às vezes eu fico confusa, penso num monte de coisas ao mesmo tempo... Bom, mas me fala mais de você. Fez muitos amigos aqui?

— Muitos? Ah, Malu, acho que você me conhece, não mudei tanto assim. Um ou outro colega na escola, os fregueses da mercearia... Às vezes eu também fico confuso como você, me sinto inseguro, com medo de que tudo volte a acontecer.

Nessa hora avistamos uma mulher atravessando a praça. Os passos largos, a rapidez de quem não pode perder tempo. Incrível, num instantinho estava ali, cara a cara com a gente.

Nossa tranquilidade já era.

BRONCAS E MAIS BRONCAS

— Quem é essa garota, Leo?

— É a Malu, mãe.

— Sabia! Eu não lhe disse, menina, pra ficar longe do meu filho?

— Disse? — o Leo perguntou. — E quando é que você falou com ela?

— Liguei várias vezes, Leo. Mandei cartas.

— Mãe! Por que...

— Não quero você conversando com ninguém daquele lugar. Pra que remexer nesse lixo todo, meu filho?!

— Mãe! Você não pode resolver as coisas por mim! Era só o que me faltava!

— Leo, não quero que você sofra de novo, eu e seu pai fizemos de tudo, nem tocamos mais nesse assunto só pra você esquecer...

— Mas eu não esqueci, mãe! Não esqueci!

— Tá vendo? — dona Sandra virou-se para mim, olhos soltando faíscas. — Tá vendo só o que você fez?

— Desculpa, eu não queria...

— Eu te avisei! Fique longe do meu filho! Não basta o que fizeram? Até o ano na escola ele perdeu! E agora que tudo parecia melhor... Quem você pensa que é?

— Desculpa, Leo. Não vim aqui para causar nenhum aborrecimento. Nem a você nem à sua mãe.

— Mas causou! — disse dona Sandra, implacável.

Mirei o Leo. Estava calado, cabeça baixa. Permitiu que a mãe falasse, falasse... Não o culpo, as coisas para ele ainda eram muito complicadas. Também, viver o que viveu... Entendo o Leo, talvez mais que ninguém.

Pedi desculpas outra vez, não via outra coisa a ser feita além disso.

— Tenho de voltar ao trabalho — ele avisou.

— Eu compreendo.

— E vê se você...

— Mãe! A Malu não tinha nada a ver com aquilo.

— Não interessa. Ela também foi omissa. Cúmplice, para ser mais exata.

Não aguentei e perdi a paciência. Não dava para me calar diante de uma injustiça daquelas.

— Eu não fui cúmplice coisa nenhuma! A senhora não estava lá para saber! Eu também sofria! E muito! Quem é que pode medir o sofrimento? Os sentimentos?

— Mãe, a Malu era uma boa amiga.

A mulher não se convenceu, tampouco ficou comovida:

— Não mudo de ideia. Quero distância dessa gente.

— Malu — disse Leo —, foi bom te ver, mas agora preciso trabalhar. Meu pai tá me esperando.

— Também foi bom te ver, Leo.

— Manda um abraço pro Marcelo, pro Gustavo... Ainda tem contato com eles?

— Fica sossegado, tenho como mandar.

O Leo foi saindo, o olhar implacável da mãe, duro e frio, também me abandonou. O que ficou no lugar eu não sei.

Os dois já haviam se distanciado uns bons passos quando de repente falei algo. Nem me importei se fosse encarada como uma inconveniente ou ainda como uma você-não-tem-nada-a-ver-com-isso que a dona Sandra pudesse dizer.

— Não é afastando as pessoas que a senhora vai ajudar o Leo.

Os dois pararam de caminhar. Viraram-se.

— Por acaso não pode acontecer tudo outra vez na escola nova ou em um emprego futuro? De que adianta mudar o lugar se dentro dele os sentimentos não mudaram?

Nada disseram. Vi a dona Sandra puxar o braço do Leo, obrigando-o a retomar o caminho. Aquela cara zangada, de ódio.

Paulo se aproximou de mim, abraçando-me por trás, tomei um susto! Virei-me imediatamente e quando me vi cara a cara com ele desatei a chorar. Um choro guardado que veio com toda a força, há muito tempo para explodir, jorrar feito vulcão nervoso.

Ele tentou me consolar:

— Que pena, Malu, que não deu nada certo, que não adiantou...

Ergui a cabeça, afastando-a devagar, um pouco mais de calma vindo junto, fiozinho de nascente. Meus olhos ardiam, sentia o rosto quente e vermelho.

— Você se engana, Paulo. Adiantou, sim.

LIXO

Não houve falas ou explicações, minha mudez trazia o olhar para mim mesma, o vento lá fora espantava a poeira da estrada. Dentro também, poeira de palavras, de coisas ditas, intromissões e pedidos de desculpas.

Paulo acatava meu silêncio, mas não sem me observar, isso eu percebia. Não fez perguntas, não questionou sobre a conversa ou sobre o caderno preso no meu colo, nada, apenas sua mão segurando a minha, de vez em quando o toque sutil dos seus dedos entre os meus e a espera.

Pensava em mim, no Leo, em tudo escrito, na ideia de começar o diário três anos depois do ocorrido, nem sabendo direito o porquê, só sentindo a necessidade, coisa de urgência, de vida ou morte e isso eu tinha de respeitar. Escrevendo, talvez encontrasse algum detalhe alçado da memória. Vai ver me descobrisse, quem sabe. Ou redescobrisse, refletindo bem.

Virei o rosto para o Paulo, nossas cabeças descansando no encosto do banco, os olhos de um e de outro mergulhados em profundeza.

— É meu diário.

— Você trouxe seu diário aqui?

— Achava que devia mostrar ao Leo.

— E...

— Sei lá. Mostrei, só. Ele leu algumas coisas, mas os escritos dessas páginas não traduzem perfeitamente tudo o que passamos.

Antes que o Paulo me interpretasse mal, expliquei:

— Eu também sofria na escola, acho que por isso entendia o Leo. Nenhum de nós soube se defender. Em nenhum momento. Nem procurar ajuda.

— E você acredita que conseguiu o que queria vindo até aqui?

— Não do jeito que eu imaginava, mas acho que sim. Durante esses meses de busca, coloquei no Leo todas as minhas expectativas para entender fatos do meu passado, sentimentos que me marcaram, enfim, via no Leo a minha salvação. Só que ninguém pode salvar ninguém. Engraçado que só tive consciência disso quando falei para a mãe dele que não seria afastando as pessoas que tudo se resolveria. Eu não estava dizendo isso a ela, Paulo. Estava dizendo a mim mesma, só eu posso resolver.

— Concordo com você, Malu.

— A dona Sandra perguntou uma coisa… Não para mim, para o Leo. Agora eu me lembro.

— E o que foi?

As palavras saíram devagar e pesadas.

— "Para que remexer nesse lixo todo?".

— E você pensa assim também?

— Quer saber, Paulo? Não penso mais. Tem hora que a gente precisa mesmo remexer toda essa porcaria e depois…

— Depois?

Dei um suspiro fundo, ajeitei-me melhor no banco. Sorri.

— Você vai ver quando chegarmos em casa.

Casa. A palavra me lembrava refúgio, e refúgio, sempre a escolha mais certa. Sempre achei que o melhor a fazer era me esconder. De mim e dos próprios sentimentos. Mas uma hora eles vêm, ah, sempre vêm, como loucura e febre, vendaval em fúria, e não há nada a fazer que não seja olhá-los de frente. É uma batalha, batalha cruel, mas também a luta pela felicidade. E não há como ser feliz sem conhecer e entender o que se passa do lado de dentro desse corpo.

Quando percebi, eu e o Paulo já nos beijávamos. Não sei como aconteceu, só sei que aconteceu, uma boca à procura da outra.

Ouvi um barulho. O diário tinha caído do meu colo, vai ver corrido para debaixo do banco da frente. Não tinha importância, depois eu pegava. Agora, não.

Ao chegarmos em casa, fomos primeiro ao meu quarto deixar minha bolsa e depois fomos até um pequeno jardim que havia no quintal. Ficamos ali conversando, falando do nosso dia, falando de nós dois. O final da tarde estava tão bonito e quente que nem eu nem o Paulo tínhamos a menor vontade de nos despedirmos. Não era só por causa disso, mas pelas descobertas e encontros.

Num certo momento, pedi que aguardasse um minuto. Precisava buscar algo no meu quarto, dentro da bolsa.

Quando me viu de volta, Paulo intrigou-se, pois reconheceu o caderno. Era o meu diário.

— Tenho uma coisa a fazer — expliquei. — Lembra quando eu disse?

Não, ele não se lembrava. Ou fazia-se assim de esquecido. Queria me abraçar e me beijar, e o seu beijo envolvia e acariciava toda a pele, não só a boca.

— Espera, Paulo.

Puxei-o pela mão e saímos andando pelo quintal em busca do que eu precisava. Tinha certeza de que devia estar onde a minha mãe guardava os utensílios de jardinagem. Fui revirando aquelas tralhas todas, achei o tesourão, o garfo, a pazinha, o regador, achava tudo naquela bagunça, menos o que eu procurava.

De repente, falei:

— Aqui está!

— O que vai fazer com essa lata velha, Malu?

— Chiu! Fale baixo! Não quero chamar a atenção.

Fui me agachando, pondo a lata no piso. Coloquei o diário dentro da lata, tirei uma caixa de fósforos do meu bolso, acendi o palito e o aproximei do caderno. Em poucos segundos, o fogo aumentava consumindo tudo, não deixando página, frase nem palavra.

Silenciamos como se fosse ritual sagrado, quem sabe fosse mesmo, nada podendo interromper, absolutamente nada, nossos olhos fixos na labareda.

Talvez alguém aparecesse de repente, estranhasse aquele fogo, perguntasse. Não tinha problema, eram velhos papéis, coisas antigas de dar dó, um entulho de tranqueiradas que vinham transbordando há muito tempo, já devia ter me livrado de tudo, mas sempre adiando, adiando... chega uma hora que precisamos dar um fim. É ponto final.

Meu diário não me interessava mais. A vida era daqui para frente. E eu tinha muitas ideias para pôr em prática, ideias construídas durante a minha conversa com o Leo e durante a viagem de volta.

Sentia-me feliz com isso. Também pensava que felicidade não era uma coisa só, mas várias. Felicidade nessa hora, por exemplo, era ver o céu nebuloso e alaranjado e por entre a cor e a fumaça o rosto do Paulo sorrindo para mim.

FORMATURA

Era noite e eu estava em meu quarto, de frente para o espelho, ajeitando os últimos fios, os últimos cachos do meu cabelo que tanto tinha dado o que falar na última formatura.

Mas nada disso tinha qualquer importância agora. Aprendi a valorizá-los, a deixá-los encaracolados como a natureza os tinha feito. E o espelho, inimigo mortal, tornara-se apenas um objeto que refletia o meu exterior, nada mais.

Escutei um toque na porta, que logo em seguida se abriu. Era o Paulo. Estava pronto para nos acompanhar.

— Você está linda! — ele foi dizendo, abraçando-me por trás e beijando suavemente o meu pescoço, enquanto elogiava meu perfume. — Vai ser a oradora mais linda que já vi.

Mirando o espelho, vendo-nos abraçados, perguntei:

— Fiz bem em aceitar, não acha?

— Claro que sim. Seus amigos insistiram tanto...

— Minha decisão não foi só por causa deles.

— E por que foi, então?

— Por mim. Acho que devo falar sobre certas coisas no meu discurso. Estou deixando o ensino médio, uma nova fase se abre para mim no ano que vem e não quero sair sem dizer o que penso sobre certas crenças, sobre essa cultura ridícula de que algumas agressões na escola não são agressões, que simplesmente não passam de brincadeirinha de criança ou de adolescente. Isso não é verdade. Mais do que ninguém eu sei disso. É uma cultura que tem de ser mudada. Precisamos aprender a respeitar as pessoas do modo como são.

— Bravo! — Paulo soltou as mãos da minha cintura e me aplaudiu, como se eu já discursasse.

Fiz uma careta.

— Você sempre engraçadinho...

Ele me respondeu com um beijo estalado no rosto. Ainda continuamos de frente para o espelho.

— O que você acha do meu blog, Paulo?

— Do seu blog? O que ele tem a ver com o seu discurso?

— Com o discurso, propriamente, nada. Mas com o assunto, sim.

— Vai escrever sobre isso no blog?

— Vou. Já comecei a dar umas mexidas nele, mas ainda não terminei. Quero que o blog seja um canal aberto para a discussão desse tema e também para mostrar que é importante, tanto a vítima quanto qualquer um que presencie, denunciar qualquer atitude desse tipo. Não gostaria que acontecesse com outras pessoas o que aconteceu comigo e com o Leo. Não gostaria de vê-las de mãos atadas, com medo de denunciar, como nós dois ficamos. Bom, por enquanto é isso. Quem sabe mais para frente, quando eu for uma jornalista, eu consiga ajudar muito mais fazendo reportagens a respeito. É uma ideia.

— Gostei. É uma grande ideia, Malu.

Virei-me de frente para ele, olhei nos seus olhos, enlacei os braços em seu pescoço. Fiquei assim, quieta, pensativa, imaginando como faria, como as pessoas reagiriam ouvindo o que eu tinha para dizer, lendo o que eu iria escrever.

Foi então que ele disse, cortando meus pensamentos:

— Eu ajudo você.

Já ouvira dele essa mesma frase antes. Hoje eu estava diferente, é verdade, muito diferente se fosse ver. Talvez o Leo também estivesse, mas não havia como eu saber. Talvez ainda faltasse um pouco ou faltasse muito para ele se reconstruir. Eu estava conseguindo.

Sorri.

— Ainda é muito bom ouvir isso.

PERSEGUIÇÃO
TÂNIA ALEXANDRE MARTINELLI

Editora Saraiva

■ Bate-papo inicial

Leo sempre foi o mais gordinho da turma e motivo de brincadeiras de mau gosto. Era Leitão prá lá, Gordo prá cá, empurrões e comentários maldosos... Achavam que ele não ligava pra isso, que já estava acostumado. Mas quem é que gosta de ser motivo de gozação e alvo de agressões?

Malu era a melhor aluna da turma, e as colegas não perdiam a oportunidade de incomodá-la: cê-dê-efe, Malu cabelo de esponja de aço... sempre encontravam uma forma de humilhá-la e excluí-la.

Duas pessoas, duas histórias semelhantes, mas com duas formas diferentes de lidar com a situação...

■ Analisando o texto

1. Como você descreveria as personagens Leo e Malu?

R.: _____

_____

_____

2. Na obra que você leu, como é retratado o relacionamento dos colegas em sala de aula?

R.: _____

_____

_____

_____

_____

3. De acordo com o livro, que acontecimento marcou a mudança no comportamento de Leo?

R.: _____

_____

_____

_____

_____

_____

4. A primeira parte do livro termina com a seguinte fala de Malu: "Só o que eu precisava era esquecer, simplesmente. E tudo ficaria certo, no devido lugar". O que Malu queria esquecer?

R.: _____

_____

_____

_____

_____

_____

_____

_____

5. A narrativa dá um salto de três anos. Malu agora está se formando no ensino médio e é escolhida pela turma para ser a oradora. O que isso lhe causa?

R.: _____

_____

6. Por que Malu queria reencontrar Leo?

R.: _____

_____

_____

_____

7. Malu consegue, por fim, reencontrar Leo e faz uma descoberta muito importante a respeito de si mesma. Que descoberta foi essa?

R.: _____

_____

_____

_____

Linguagem

8. Explique, com suas palavras, o que você entende por apelido.

R.: _____

_____

_____

_____

_____

_____

9. Leitão, Gordo, CDF são alguns dos apelidos encontrados na história. Procure no dicionário o significado de "pejorativo" e depois explique que relação há entre esse termo e os apelidos citados.

R.: _____

_____

_____

_____

10. Você conhece ou já ouviu falar em *bullying*? Sabe o que significa? Que relação você consegue estabelecer com o título da obra: *Perseguição*?

R.: _____

_____

_____

_____

_____

_____

_____

Refletindo

11. "Escrevendo, talvez encontrasse algum detalhe alçado da memória. Vai ver me descobrisse, quem sabe. Ou redescobrisse, refletindo bem." (p. 97) Esse trecho da obra refere-se a uma fala de Malu sobre a importância do diário naquele período da sua vida. Na sua opinião, o que ela queria dizer com "vai ver me descobrisse" ou "redescobrisse, refletindo bem"?

12. No capítulo "O caso da lousa" (quando o nome Leofante foi escrito no quadro-negro), a professora Vilma percebeu que alguma coisa tinha acontecido na sala alguns minutos antes e que se relacionava com Leo e a turma que o vivia perseguindo. Ela tentou conversar com Leo, saber dele o que havia acontecido, mas o garoto não quis falar a respeito.

O trecho seguinte a essa parte da narrativa diz que a professora deveria ter insistido e que Leo deveria ter falado. Reflita a respeito desse episódio e converse com seus colegas sobre estes itens:

a) a atitude dos colegas agressores;
b) a atitude dos colegas testemunhas das agressões;
c) a atitude dos professores;
d) o silêncio do colega agredido.

13. Leia os trechos a seguir, reúna-se com outros colegas e, juntos, procurem estabelecer relações com a obra lida.

Quem nunca foi zoado ou zoou alguém na escola? Risadinhas, empurrões, fofocas, apelidos como "bola", "rolha de poço", "quatro-olhos". Todo mundo já testemunhou uma dessas "brincadeirinhas" ou foi vítima delas. Mas esse comportamento, considerado normal por muitos pais, alunos e até professores, está longe de ser inocente. Ele é tão comum entre crianças e adolescentes que recebe até um nome especial: bullying. *[...]. Traduzido ao pé da letra, seria algo como intimidação. Trocando em miúdos: quem sofre com o* bullying *é aquele aluno perseguido, humilhado, intimidado. E isso não deve ser encarado como brincadeira de criança. Especialistas revelam que esse fenômeno, que acontece no mundo todo, pode provocar nas vítimas desde diminuição na autoestima até o suicídio. [...]. Segundo Aramis [Lopes Neto, coordenador do primeiro estudo sobre* bullying *no Brasil], "para os alvos de* bullying, *as consequências podem ser depressão, angústia, baixa autoestima, estresse, absentismo ou evasão escolar, atitudes de autoflagelação e suicídio, enquanto os autores dessa prática podem adotar comportamentos de risco, atitudes delinquentes ou criminosas e acabar tornando-se adultos violentos". (Trecho extraído e adaptado de: www.educacional.com.br/reportagens/bullying. Acesso em: 14 abr. 2009.)*

O bullying *também pode ser praticado por meios eletrônicos. Mensagens difamatórias ou ameaçadoras circulam por* e-mails, sites, blogs *(os diários virtuais),* pagers *e celulares. É quase uma extensão do que dizem e fazem na escola, mas com o agravante de que a vítima não está cara a cara com o agressor, o que aumenta a crueldade dos comentários e das ameaças. (Fonte: Como lidar com "brincadeiras" que machucam a alma.* Revista Nova Escola. *n. 178. São Paulo: Abril, dez. 2004, p. 58-61.)*

No Brasil, dois casos [de bullying*] chamaram a atenção. Em fevereiro de 2004, em Remanso (BA), o jovem D., 17, matou duas pessoas e feriu três. Ele sofria humilhações na escola. O garoto revelou que matou F., 13, porque, além de sempre ridicularizá-lo, no dia do crime ele [F.] teria jogado um balde de lama nele. Em janeiro de 2003, Edmar Freitas, 18, entrou no colégio onde tinha estudado, em Taiuva (interior de SP), e feriu oito pessoas com tiros. Em seguida, se matou. Obeso, era vítima de apelidos humilhantes. (Folha de S.Paulo, 04.06.2006.)*

• 5 •

14. Você costuma acessar redes sociais? Reúna-se com seus colegas e discutam as seguintes questões:
a) se costumam acessar, de que comunidades vocês fazem parte?
b) se não acessam, quais são os motivos?
c) sobre as redes sociais, quais pontos consideram positivos e negativos?
d) o que sabem sobre os chamados "crimes cibernéticos"?

Pesquisando

15. Leia o seguinte trecho, extraído da obra:

"Então, Paulo me abraçou, minha face deitou-se em seu ombro, sua cabeça encostou-se na minha e, de repente, eu me vi no quadro *O beijo*, de Klimt. Os corpos misturados entre flores e retângulos verticais, a emoção escorrendo para além da tela, num rio em correnteza." (p. 80)

Você sabe quem foi o pintor simbolista Gustav Klimt? Faça uma pesquisa sobre o artista: onde nasceu, sua trajetória e principais obras, o Simbolismo nas artes plásticas e as características desse movimento artístico, seus representantes mais conhecidos etc. Para organizar o resultado das pesquisas, você e seus colegas podem selecionar as informações que considerarem mais interessantes e reuni-las num caderno coletivo, que tenha como título, por exemplo, o Simbolismo nas artes plásticas.

16. Na parte final do livro, ficamos sabendo que Malu decidiu criar um *blog* e torná-lo um canal aberto para discutir sobre *bullying*.
Reúna-se com alguns colegas e façam uma pesquisa sobre *blogs*: quando surgiram, suas principais características, os tipos de *blogs*, a linguagem utilizada neles, quem costuma fazer uso desse recurso e com que finalidade etc. Apresente para a turma o resultado de suas pesquisas. Para registrar a atividade, escrevam um texto coletivo que reúna e sintetize os dados que considerarem mais interessantes.

■ Redigindo

17. Coloque-se no lugar de Leo e imagine que ele tenha decidido não comparecer à formatura. No entanto, decidiu enviar uma carta à escola, explicando seus motivos. Escreva essa carta, em primeira pessoa, argumentando sua ausência.

18. Malu enviou uma carta endereçada a Leo, mas seu conteúdo não nos é revelado. A mãe dele interceptou a carta, pois não queria que o filho relembrasse os acontecimentos daquela época, que culminaram no seu ataque de fúria. Elabore um capítulo extra, colocando-se no papel da mãe de Leo, imaginando uma conversa entre ela e Malu. Nessa conversa, a mãe relataria os últimos anos, o que a família viveu nesse período, o que sentiram, a sua visão dos acontecimentos, justificando sua postura quanto à proibição desse reencontro.

19. No final da história, Malu diz que em seu discurso como oradora da turma que ela também falará das questões que a fizeram sofrer durante tantos anos. Imagine que você tenha sido escolhido para ser orador da sua turma e escreva seu discurso.

■ Trabalho interdisciplinar

Paulo está estudando Turismo. Malu ainda não se decidiu, está em dúvida entre Jornalismo, História e Sociologia. E você, já pensou a respeito da profissão que vai seguir? Que tal organizar um livro de profissões, que possa esclarecer as principais dúvidas sobre cada uma das carreiras que interessem à turma?

O breve roteiro a seguir pode auxiliá-los nos trabalhos:

1. Elejam as profissões que interessam à turma e selecionem as informações que gostariam de obter a respeito.

2. Dividam-se em pequenos grupos, cada qual ficando responsável por entrevistar um profissional e coletar as informações desejadas. Lembrem-se de que, nesta etapa, os professores de outras disciplinas podem também contribuir com seus depoimentos.

3. Reúnam os dados coletados e apresentem aos demais colegas, numa exposição oral.

4. Após as apresentações, verifiquem se há alguns pontos que não foram esclarecidos e, se necessário, voltem a consultar o profissional entrevistado.

5. Definam em conjunto que informações consideram importantes para o livro e como serão organizadas. Vejam também a possibilidade

de incluir os contatos dos entrevistados, para o caso de algum colega desejar consultá-los futuramente ou para uma eventual atualização das informações.

6. Redijam o material, revisem o texto atentamente e reúnam os trabalhos numa brochura. Vocês podem tirar cópias para que cada um tenha seu exemplar ou doar alguns exemplares para a biblioteca da escola.

Para qualquer comunicação sobre a obra, entre em contato:
SARAIVA Educação S.A.
Avenida das Nações Unidas, 7.221 – Pinheiros
CEP 05425-902 – São Paulo – SP
www.editorasaraiva.com.br

Tel.: (0xx11) 4003-3061
atendimento@aticascipione.com.br

Escola: _____

Nome: _____

Ano: _____ Número: _____

Essa proposta de trabalho é parte integrante da obra *Perseguição*. Não pode ser vendida separadamente. © SARAIVA Educação S.A.

A autora

Publiquei meu primeiro livro em 1998 e hoje sou escritora em tempo integral. Mas fui professora de Português durante quase duas décadas e vale dizer que a convivência que tive com os adolescentes me rendeu (e continua rendendo) muitos e bons assuntos para os meus livros.

Claro que presenciei, em sala de aula, a prática do *bullying* – conjunto de atitudes agressivas, intencionais e repetitivas, adotado por um ou mais alunos contra outro(s), causando dor, angústia e sofrimento. E não somente no tempo em que eu era professora. Qual estudante, e de qualquer época, nunca se deparou com apelidos, gozações, insultos, constrangimentos, por vezes até intimidações contra si mesmo ou contra algum colega?

Mas havia uma diferença. Numa época um pouco mais distante que a de hoje, essas atitudes não tinham a menor importância. Infelizmente. *Ah, brincadeira de criança, que é que tem? É fase. Uma espécie de rito pelo qual todos, todos os jovens passam. Normal.* Fico pensando em quanta gente sofreu e teve de escutar coisas assim. Quantos foram obrigados a lidar, sozinhos, com tantas humilhações, sem ter com quem conversar e se abrir.

Ah, mas pelo menos isso é coisa do passado! Antes fosse. A diferença é que agora algumas pessoas resolveram prestar mais atenção em todos os danos que a prática do *bullying* causa na vida das crianças e adolescentes. E para o resto da vida. Muitos serão adultos inseguros que possivelmente enfrentarão novas situações desse tipo e ainda não saberão como lidar com elas.

Criei Leo e Malu — para mim, doces personagens — baseada em muitos estudos que fiz. As agressões sofridas pelos meninos não são as mesmas sofridas pelas meninas, e, como eu, acredito que muitos leitores irão facilmente se identificar com eles. Porque a dor de Leo e Malu é uma dor que merece ser refletida e porque não é tão difícil assim de ser evitada.

Talvez valesse a pena lembrar aquele velho ditado do tempo dos nossos avós, bisavós e sei lá mais quantas gerações atrás: *Não faço aos outros aquilo que não quero que façam comigo.*

Simples, não?

Tânia Alexandre Martinelli
http://taniamartinelli.blogspot.com.br

O ilustrador

Nasci em Montes Claros, norte de Minas Gerais. Quando criança, adorava desenhar caubóis e jogadores de futebol. Depois que cresci e perdi completamente o juízo, descobri que havia lugares que pagavam para eu desenhar. Aí fui trabalhar em jornais da minha cidade como chargista e ilustrador. Em 1992, fui para Belo Horizonte trabalhar no jornal *Estado de Minas*. Depois de cinco anos, transferi-me para a *Folha de S.Paulo*, onde fiquei por seis anos. Em seguida, o *Estado de Minas* convidou-me a voltar para ilustrar suas páginas, e estou lá desde 2006. Entre um jornal e outro, ganhei os principais prêmios nos maiores salões de humor do Brasil. Além disso, escrevi dois livros: *Saino a Percurá* e *Cidades do Ouro*. Em maio de 2009 foi lançado na França, pela editora franco-belga Casterman, *Last Bullets*, meu primeiro álbum de quadrinhos no exterior, em parceria com o roteirista francês Antoine Ozanam. Quem quiser saber mais sobre meu trabalho é só me fazer uma visita em <http://aqualelis.blogspot.com.br>.

Lelis